GOODBYE BLUE MONDAY!

读客彩条外国文学文库

熊猫君激发个人成长

KURT VONNEGUT

冠军早餐

[美] 库尔特·冯内古特 著　　董乐山 译

BREAKFAST
OF CHAMPIONS

河南文艺出版社
· 郑州 ·

图书在版编目（CIP）数据

冠军早餐 /（美）库尔特·冯内古特著；董乐山译
. — 郑州：河南文艺出版社，2023.7
（读客彩条外国文学文库）
ISBN 978-7-5559-1505-8

I. ①冠… II. ①库… ②董… III. ①长篇小说 – 美
国 – 现代 IV. ①I712.45

中国国家版本馆CIP数据核字（2023）第062031号

冠军早餐

著　　者	〔美〕库尔特·冯内古特	
译　　者	董乐山	
责任编辑	孙晓璟	
责任校对	李亚楠	
特约编辑	孙宁霞　张敏倩　李悄然	
策　　划	读客文化	
版　　权	读客文化	
封面设计	陈绮清	
出版发行	河南文艺出版社	
印　　刷	河北中科印刷科技发展有限公司	
开　　本	880mm×1230mm 1/32	
印　　张	10	
字　　数	198千	
版　　次	2023年7月第1版　2023年7月第1次印刷	
定　　价	69.90元	

如有印刷、装订质量问题，请致电010-87681002（免费更换，邮寄到付）

版权所有，侵权必究

OR

纪念菲比·赫尔蒂：

　　在大萧条期间，

她在印第安纳波利斯

　　给予了我安慰。

他试炼我以后，

我将炼成真金。

——约伯[1]

1　见《圣经·旧约·约伯记》第23章第10节。原官话本《圣经》译为："他试炼我之后，我必如精金。"——译者注（本书中注释如无特别说明，均为译者注）

前　言

　　"冠军早餐"一词是通用磨坊公司的注册商标，用于一种谷类早餐食品。使用该词作本书书名，并无意表示与通用磨坊公司有什么关系，或是由该公司提供赞助，亦无损害他们的上好产品的声誉之意。

· · ·

　　本书所题献的对象菲比·赫尔蒂，就如常言所云，已不在人世。我在大萧条末期遇到她时，她是印第安纳波利斯的一个寡妇。我当时大约十六岁。她大约四十岁。

　　她很有钱，但是自从她成年后，每个工作日都去工作，当时也是如此。她在印第安纳波利斯《时报》上写了一个专栏，为失恋者指点迷津，内容通情达理，文字幽默风趣。《时报》是一份很好的报纸，如今已经停刊了。

停刊了。

她还为威廉·H.布洛克公司写广告，这是一家百货公司，如今仍在我父亲设计的一所大楼里营业，生意兴隆。她为夏末草帽大减价写了这么一则广告："价廉至此，可给马戴，可铺花坛。"

· · ·

菲比·赫尔蒂雇我为青少年服装写广告词。我必须穿我所赞美的衣服。这是工作的一部分。我同她的两个儿子交了朋友，他们的年龄与我相仿。我成天都待在他们家里。

她对我和她的儿子，还有我们带来的女朋友，都讲淫猥的粗话。她这个人很有趣。她的思想很解放。她不仅教会了我们在谈论性的问题的时候讲没有礼貌的粗话，而且在谈论美国历史和著名英雄人物、财富分配、学校，以及所有问题的时候都讲没有礼貌的粗话。

我如今就是靠讲这样没有礼貌的粗话来谋生的。其实这方面我并不擅长。我不断地模仿菲比·赫尔蒂讲没有礼貌的粗话，她讲起来是那么优雅自如。我如今觉得，要做到优雅自如，她比我容易，这是大萧条的情绪的缘故。她相信当时许多美国人相信的东西：一旦繁荣来临，全国就会幸福、公正和合理。

我再也没有听到那个词了——繁荣。过去这是"天堂"的同义词。当时菲比·赫尔蒂能够相信，她提倡的没有礼貌的粗话能够表现美国式的天堂。

如今她的那种没有礼貌的粗话已成了时尚。但再也没有人相信有一个新的美国式天堂了。我当然很怀念菲比·赫尔蒂。

· · ·

至于我在本书中所表示的怀疑，即人是机械制造的人，人是机器，应该指出：患了晚期梅毒、脊髓痨的人 —— 大部分是男人 —— 是我小时候在印第安纳波利斯商业区和马戏团观众中常见的奇观。

这些人身上密布专门钻肉的小瓶塞钻，只有用显微镜才能看到。患者的脊椎是通过小瓶塞钻穿过脊椎之间的肉连接在一起的。梅毒患者似乎极有尊严 —— 腰板挺直，双眼直瞪。

我有一次看见一个患者站在子午线大街和华盛顿大街转角的路缘上，就在我父亲设计的大挂钟下面。这个交叉路口被当地人叫作"美国的交叉路口"。

那个梅毒患者站在那个美国的交叉路口使劲地在想，怎样抬起双腿走下路缘，把他的身躯送过华盛顿街。他微微地颤动着，好像身上有一台小型发动机在空转。他的问题是：他的脑子，也就是给他的双腿发出指令的源头，已被瓶塞钻活活吞噬了；传达指令的电线已不再绝缘，或者已被咬透。一路上的开关都被焊死了，不是开着，就是关着。

这个人看上去像是个很老很老的人，尽管他可能只有三十岁。他想啊想，然后他像歌舞女郎那样甩了两次腿。

我当时还是个小孩子，他看上去当然像一部机器。

. . .

我也往往把人想作橡皮做的巨型试管，里面有化学反应在咕咕沸腾。我小的时候，见过不少的人患甲状腺肿大症。德韦恩·胡佛也是如此，他是庞蒂克汽车代理商，即本书的主人公。这些不幸的地球人的甲状腺这么肿大，仿佛脖子里长了西葫芦似的。

结果是，他们要过平常的生活，每天必须吸收百万分之一盎司不到的碘。

我自己的母亲就因为服用化学药物而伤了脑，这种化学药物原本是用来帮助她睡眠的。

我情绪消沉的时候，吃一小片药丸，情绪就又好了。

如此等等。

因此，我创造小说人物时，总是忍不住要说，他之所以成为他这个样子，是因为线路出了毛病，或者因为他那一天吃了微量化学品，或者没有吃微量化学品。

. . .

　　我自己对这本书有什么看法？我感到很糟糕，不过我对自己的书总是感到糟糕。我的朋友诺克斯·伯格有一次说，某一部读起来很费劲的小说"好像是菲尔波德·斯都奇写的"。我想我在写这部似乎是按程序写作的书时就是这样的人。

. . .

　　这部书是我送给自己的五十岁生日礼物。我感到自己仿佛刚爬上屋顶的斜坡，正要爬过屋脊。

　　按程序我在五十岁时要作孩子气的表现 —— 亵渎《星条旗之歌》，用一支粗头铅笔画纳粹旗、屁眼和其他东西。为了使你对我为这本书作的插图的成熟程度有个大致了解，这里是我画的一个屁眼：

．．．

　　我想我这么做是要从我的脑袋里清除掉所有的垃圾 —— 屁眼、旗帜、内裤。是的，这本书里有一幅内裤的图画。我把我其他作品里的人物也扔了出去。我不想再表演木偶戏节目了。

　　我想我是要把我的脑袋清理得一干二净，就像我五十年前降生到这个已被糟蹋破坏的星球上来时那样。

　　我认为这是大多数美国白人应该做的事，也是模仿美国白人的美国非白人应该做的事。别人装进我脑袋里的东西，反正不是完全严丝合缝的，常常无用而且难看，互相不合比例，同存在于我脑袋之外的实际生活也不合比例。

　　我的脑子里没有文化，没有人性的和谐。我不能再过没有文化的生活了。

．．．

　　因此，这本书是丢满了垃圾的人行道，这些垃圾是我走回到一九二二年十一月十一日去的时间旅行中一路上丢在身后的。

　　我在回程旅行中会来到这样一个时候，那就是一个叫作停战日的神圣节日，十一月十一日，那一天正好是我的生日。当我还是小孩子的时候，当德韦恩·胡佛还是小孩子的时候，曾经在第一次世界大战中打过仗的所有国家的所有人民都在停战

日 —— 第十一个月的第十一天 —— 第十一小时的第十一分钟沉默志哀。

就是在一九一八年的那一分钟里，成千上百万人停止了互相杀戮。我曾经同那些在那一分钟身在战场上的老人谈过话。他们异口同声地告诉我，这突然的寂静是上帝的声音。因此，我们中间仍旧还有一些人能够记得上帝在什么时候对人类说了明白的话。

. . .

停战日后来成了退伍军人日。停战日是神圣的，而退伍军人日则不是。

因此，我要把退伍军人日扔在身后。我会保留停战日。我不想扔掉任何神圣的东西。

还有什么是神圣的？哦，还有《罗密欧与朱丽叶》，比方说。

还有所有的音乐。

菲尔波德·斯都奇

1

这是在一个快要死去的星球上两个孤苦伶仃、瘦骨嶙峋、年纪相当老的白人见面的故事。

其中一个是名叫基尔戈·特劳特的科幻小说家，他当时是个默默无闻的小人物，他以为他这一生已经完了。可他错了。由于这次见面，他成了历史上最受人敬爱的人之一。

与他见面的人是个汽车代理商，一个名叫德韦恩·胡佛的庞蒂克汽车代理商。德韦恩·胡佛当时已快要精神失常了。

· · ·

听着——

特劳特和胡佛都是美国（美利坚合众国的简称）公民。这是他们的国歌，像许多被要求认真对待的东西一样，全都是废话：

啊，在破晓的曙光中你可曾看到

我们迎着最后一丝晨曦

自豪地欢呼的那面旗帜，

它的宽宽的条纹和明亮的星星，

经过争夺壁垒的鏖战仍在傲然飘扬？

彻夜不停的火箭的红光和炮弹的爆炸

证明了我们的旗帜仍在那里飘扬。

啊，那面星光灿烂的旗帜是不是

仍在自由土地和勇士家园上空飘扬？

宇宙中有数不清的众多国家，但只有德韦恩·胡佛和基尔戈·特劳特所属的那个国家的国歌是夹着不少问号的废话。

他们的国旗是这样的：

他们国家的法律规定："国旗不可向任何人或任何东西降下。"而地球上的其他国家都没有这样一条关于国旗的法律。

降旗是一种表示友好和尊敬的行礼方式，那就是把悬在旗杆上的国旗降下来接近地面，然后再升起来。

· · ·

德韦恩·胡佛和基尔戈·特劳特的国家的格言："E pluribus unum"。这种没有人再使用的语言说的意思是"合众为一"。

那面不可降的国旗的确美丽，但是那国歌和那空洞的格言可能本来没有多少意义，如果不是因为：许多公民受到冷落、欺骗、侮辱，以致他们觉得自己投错了国家，甚至投错了星球，自认大错已经铸成。要是他们的国歌和格言提一提公平、友爱、希望或者幸福，稍微表示一下欢迎他们到这个社会里来，分享它的房地产，也许会使他们感到好过些。

如果他们仔细观察一下他们的纸币，从中寻找线索弄清楚他们的国家究竟是怎么一回事，除了许多华而不实的垃圾以外，他们还会找到一座截去顶部的金字塔，上面有一只发光的眼睛，就像这样：

就连美国的总统也不知道这是怎么一回事。这仿佛是国家向它的公民们说："废话就是力量。"

. . .

许多废话都是德韦恩·胡佛和基尔戈·特劳特那个国家的开国元勋开玩笑的无心结果。开国元勋们都是贵族，他们喜欢炫耀自己受到的无用的教育，其中包括学习古代流传下来的鬼话。他们也是蹩脚诗人。

不过这些废话中有一些有不良用意，因为它们掩盖了严重罪行。例如，美利坚合众国的小学教师在黑板上一而再，再而三地书写这个年份，并且要学童们自豪地、高兴地背诵牢记：

1492

教师们告诉学童，这是他们的大陆被人类发现的年份。实际上，在一四九二年早已有几百万人类在这个大陆上过着充实而且丰富多彩的生活了。这个年份不过是海盗开始欺骗、抢劫和杀戮他们的年份。

　　这里还有一句用心不良的废话教给了孩子们：海盗最后创建了一个后来成为其他各地人类自由灯塔的政府。这个灯塔照理是想象中的东西，却有不少图片和模型给孩子们观看。它有点儿像着了火的蛋筒冰激凌。它的模样如下：

　　实际上，对创建新政府起最关键性作用的海盗本身就拥有奴隶。他们把人当作机器，甚至在蓄奴制被消灭了 —— 那是因为这实在太丢脸面了 —— 以后，他们和他们的后代仍继续把普通老百姓看作机器。

　　　　　　　　　·　·　·

　　海盗的皮肤是白色的。在他们来到这个大陆之前就在这里生活的人的皮肤是古铜色的。蓄奴制被引进到这个大陆上来时，奴隶的皮肤是黑色的。

　　肤色决定一切。

　　　　　　　　　·　·　·

　　海盗之所以能够从别人那里得到他们所要的任何东西，是因为：

　　他们拥有世界上最好的船只。他们比谁都卑鄙。他们有火药，那是硝石、木炭和硫黄的混合物。他们用火点燃这表面看起来没精打采的粉末，它就能爆发出气体。这气体以极其猛烈的冲劲，把弹头推出铁膛。这种弹头能够十分轻易地穿过肌肉和骨头，因此海盗们就用它来破坏任何一个顽抗的人体内的线路、风箱或者管道，哪怕他在很远很远的地方。

　　不过，海盗们的主要武器是他们的出其不意的能力。没有人能够相信他们是那么铁石心肠和贪得无厌，到你相信时已经太迟了。

·　·　·

德韦恩·胡佛和基尔戈·特劳特两人见面时，他们的国家是这个星球上最富有和最强大的国家。它拥有世界上大部分食物、矿产和机械，它向其他国家威胁要发射导弹或者扔掷炸弹，以此来制服它们。

大多数其他国家没有什么大钱。许多国家甚至不再适宜居住。它们人口太多，而空间不够。什么值钱的东西，它们都已卖了，再也没有什么可以吃了，而它们的人民仍做爱不停。

孩子就是那样做出来的。

·　·　·

在这个遭到破坏的星球上，有些人认为这个星球上剩下来的东西都应该由所有的人平分共享，因为他们并不是自己要到这个遭到破坏的星球上来的。另外一方面，还有更多的孩子在不断降世——踢啊，叫啊，要喝奶。

在有些地方，就在孩子降生的几尺以外的地方，人们都已开始在啃泥巴和吮石子了。

如此等等。

． ． ．

　　德韦恩·胡佛和基尔戈·特劳特的国家什么都不缺。这个国家并不认为有钱的人必须与别人分享财富，除非他们真的想这样，而大多数人并不想这样。

　　因此他们不必这样。

． ． ．

　　在美国，大家都是能抓住什么就牢牢抓住不放。有些美国人特别擅长此道，因此钱多得要命。而有的人却什么大钱也抓不到。

　　德韦恩·胡佛遇见基尔戈·特劳特时钱就多得要命。有一天早上，有人见到他经过时低声对自己的朋友说的就是这句话："钱多得要命。"

　　而那个时候基尔戈·特劳特在这星球上所拥有的东西：狗屁没有。

　　基尔戈·特劳特和德韦恩·胡佛是一九七二年秋天在德韦恩的家乡米德兰市举行艺术节的时候见面的。

　　上面已经说过，德韦恩是个精神快要失常的庞蒂克汽车代理商。

　　德韦恩的初期疯癫当然主要是化学成分问题。德韦恩·胡佛的体内产生了一定的化学成分，使他的脑子失去平衡。但是德韦恩像所有刚发疯的疯子一样，也需要一些不好的念头，这样他的疯狂才会有一定形态和方向。

不好的化学成分和不好的念头是疯狂的阴和阳。阴阳在中国人看来是和谐的象征。它们的模样如下：

不好的念头是基尔戈·特劳特给德韦恩送来的。特劳特认为自己不但无害，而且无形。世人很少注意他，所以他认为自己已经死了。

他真的希望自己已经死了。

但是他从与德韦恩的相会中获悉，他还活着，可以给另外一个人一些使他变成一个恶魔的不好念头。

特劳特给德韦恩的不好的念头的核心思想如下：地球上的人都是机器人，唯有德韦恩·胡佛例外。

在宇宙的所有生物中，只有德韦恩在思索、感觉、担忧、计划……没有人知道这有多么痛苦。没有人有任何别的选择。大家都是一部全自动机器，任务是刺激德韦恩。德韦恩是创世主测试的一种新型生物。

只有德韦恩·胡佛有自由意志。

· · ·

特劳特当初没想到有人会相信他。他是把不好的念头放在一部科幻小说中的，德韦恩就是在这部小说中发现了这些不好的念头。这部小说并不是专门写给德韦恩看的。特劳特写这部小说时还从来没有听说过有德韦恩这么一个人。这部小说是写给随便哪个碰巧打开这本书的人看的。实际上，它就是对任何人说："嘿，你猜怎么着：你是唯一有自由意志的人。这使你有什么感觉？"如此等等。

这是一部精心杰作。这是一部幽默作品。

但是对于德韦恩这是思想毒剂。

· · ·

特劳特发现自己居然也能够把邪恶带到世界上来——以不好念头的形式出现——着实吃了一惊。在德韦恩被装在帆布紧身衣里送到疯人院去以后，特劳特成了一个狂热分子，相信思想对疾病的形成和治疗很重要。

但没有人听他的。他是荒野中一个肮脏的老头子，在树林和灌木丛中叫喊："有思想还是没有思想都会引起疾病！"

· · ·

基尔戈·特劳特成了心理健康方面的一个拓荒者。他以科幻小说为伪装提出他的理论。他于一九八一年去世，在他使德韦恩·胡佛病得那么重之后差不多二十年。

他当时已被公认为伟大的艺术家和科学家。美国艺术与科学院在他的骨灰埋葬处竖立了一块纪念碑，纪念碑正面刻了他最后一部小说，也就是他第二百零九部小说中的一句话，那部小说他死时还没有写完。纪念碑形状是这样的：

（基尔戈·特劳特
1907—1981
"只有我们的思想
是人性的，
我们才是健康的。"）

2

德韦恩是个鳏夫。他晚上独自住在费尔彻尔德高地的一所人人都羡慕的房子里，那是该市最高级的住宅区。每一幢房子的造价都至少要十万元。每幢房子占地至少四英亩。

德韦恩在晚上的唯一伴侣是一只名叫斯巴基的拉布拉多猎狗。斯巴基不能摇尾巴，多年以前它出了车祸，因此它无法让别的狗知道它是多么友善。它不得不同它们不断打架，耳朵被咬破，全身是伤疤。

· · ·

德韦恩有个黑人女佣，名叫洛蒂·戴维斯。她每天给他收拾屋子，烧菜端饭，完了回家。她是奴隶的后代。

洛蒂·戴维斯和德韦恩讲话不多，虽然他们都很喜欢对方。德韦恩把话都留给了狗。他会趴在地上，同斯巴基一起打滚，他会说这样的话："你和我，斯巴基""我的老伙计，你好吗？"如此等等。

这样的情况一成不变，日复一日，甚至在德韦恩开始发疯之后也是这样，因此洛蒂没有注意到有什么异常。

. . .

基尔戈·特劳特有一只名叫比尔的鹦鹉。像德韦恩·胡佛一样，除了有他的宠物相伴以外，特劳特晚上也是孤单单的一个人。特劳特也与他的宠物聊天。

但是，德韦恩向他的拉布拉多猎狗唠叨的是爱情，而特劳特却向他的鹦鹉大谈世界末日。

"随时会来，"他会说，"而且也该来了。"

特劳特的理论是，空气马上就会变得无法呼吸了。

特劳特认为，空气开始有毒时，比尔就会在特劳特之前几分钟晕倒。他就向比尔开玩笑说："比尔，你的呼吸怎么样？"或者他会说："比尔，你好像犯了肺气肿的老毛病。"或者："比尔，咱们从来没有讨论过你想要怎么样的葬礼。你甚至没有告诉过我你信什么教。"如此等等。

他告诉比尔，人类只配惨死，因为人类在一个这么美好的星球上干了这么狠毒、这么暴殄天物的事。他会说："比尔，咱们都是埃拉伽巴路斯。"这是一个罗马皇帝的名字，他让一位雕塑师造了一个与真物同样大小的铁牛，腹腔中空，装有一道门，可以从外面锁住。铁牛的口张着，那是里面与外面唯一相通的地方。

埃拉伽巴路斯会把人从门中送到铁牛腹腔里，然后把门锁上。那个人在里面怎么喊叫，声音都会从铁牛的嘴中传出。埃拉伽巴路斯会宴请宾客，除了吃的喝的，还有美女俊男，然后他会叫个仆人点火。点的是干木柴，就放在铁牛的肚子下。

· · ·

特劳特还做了另外一件别人可能会认为古怪的事：他把镜子叫作漏子。他喜欢把镜子看成是两个宇宙之间的小洞。

如果他看见一个孩子走近镜子，他就会向那孩子摇手警告，极其严肃地说："别走近那漏子。你可不喜欢到另外一个宇宙中去吧？"

有时有人会在他面前说："对不起，我要去撒一泡尿。"英语里，撒尿也可以说"漏水"，意思是说话的人想要把身上的废水从腹部下面的活门排掉。

特劳特就会开玩笑地回答："那是我来的地方，你的意思是要偷一面镜子。"

如此等等。

当然，到了特劳特死的时候，大家都把镜子叫作漏子了。你瞧，甚至他的玩笑也那么受敬重。

. . .

一九七二年时，特劳特住在纽约州科霍斯的一间地下室公寓里。他以安装铝合金防风暴门窗为生。他不管销售方面的业务——因为他不会讨人喜欢。讨人喜欢是一种本领，能够使陌生人一眼就喜欢上你和信任你，不管你心中打的什么主意。

. . .

德韦恩·胡佛很有讨人喜欢的本领。

. . .

我只要愿意，也会有讨人喜欢的本领。

. . .

许多人很有讨人喜欢的本领。

．．．

　　特劳特的老板和同事都不知道他是个作家。而且，也没有一个有声誉的出版商听说过他的名字，尽管见到德韦恩·胡佛时他已写了一百一十七部小说和两千个短篇。

　　他写的东西都没有留下副本。他寄手稿出去时也不附写明回信地址和贴好邮票的信封，有时甚至连回信地址也不附。他是从专业的写作杂志上抄到出版公司的名字和地址的，在公共图书馆期刊阅览室可以找到这种杂志，他如饥似渴地读着。他因此与一家名叫"世界名著书库"的出版公司联系上了，他们在加利福尼亚州的洛杉矶出版色情读物。他们选用了他的小说——其中通常甚至没有女人——以此来作为那些书籍和杂志刊登的淫秽图片之间的填充。

　　他们从来没有告诉过他，可以在什么地方或什么时候找到登出来的东西。他们付给他的只是狗屁。

．．．

　　他们甚至不寄给他刊用了他的稿子的书籍和杂志的赠阅本，他得自己到色情书店里去寻觅。而且他的小说篇名也常常被更改。例如，《泛银河系稻草老板》被改成了《疯话连篇》。

　　不过，最使特劳特不快的是，他的出版商所选用的插图与他的故事毫不相关。例如，他写了一部小说，讲的是一个名叫德尔莫尔·斯卡格的地球人，他住在人人都有一个大家庭的小区里，而他却是一条光棍。不过斯卡格是个科学家，他找到了在鸡汤中复制自己的方法。他把右手掌心的活细胞削下来，与鸡汤调在一起，再把鸡汤照在宇宙射线下。细胞就变成了婴孩，个个长得与德尔莫尔·斯卡格一模一样。

不久，德尔莫尔一天就能生产好几个婴孩，他请了邻居来分享他的骄傲和幸福。他举行集体洗礼，一次多达一百个婴孩。他以一个爱家之人的名声出了名。

如此等等。

· · ·

斯卡格原来希望能通过迫使他的国家制定法律，禁止家庭人口过多，但是立法机构和法院都不愿正面接触这个问题。他们反而通过严格的法律禁止未婚者拥有鸡汤。

如此等等。

而这本书的插图却是几个白人妇女和一个黑人男子一起鬼混，不知什么原因，那个黑人男子戴了一顶墨西哥阔边帽。

特劳特见到德韦恩·胡佛时，他发行量最大的一部小说是《车轮上的瘟疫》。出版商没有改换书名，但他用一幅引人注目的旗子遮住了书名的大部分和特劳特的名字，这幅旗子承诺道：

（内有张开大口的河狸）

张开大口的河狸是一幅不穿内裤的女人的照片，双腿张开。这一词原来是新闻摄影记者最初使用的，他们常常不得不看到车祸事故中和运动会上女人翻起的裙子，或者从防火梯下往上看到女人翻起的裙子。他们需要用一句暗语来向别的记者、有交情的警察和救火员喊叫，让他们知道如果他们也想看的话可能看到什么。这暗语就是"河狸"！

而河狸实际上是一种大型啮齿目动物。它喜欢水，因此会筑堤坝。它的形状是这样的：

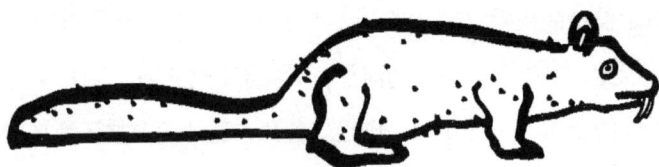

　而之所以吸引新闻摄影记者，使他们感到这么刺激的那种河狸的形状是这样的：

　这就是婴儿出生的地方。

· · ·

　德韦恩小的时候，特劳特小的时候，我自己小的时候，甚至在我们到了中年和再老一些的时候，警察和法院都有责任保证这种平常的孔形器官不受非医学专业的人检查和讨论。反正有个规定，比真正河狸普通一万倍的张开大口的河狸按照法律是最应得到重重保护的秘密。

因此，对于张开大口的河狸，大家都趋之若狂。对于一种硬度不强的金属，一种元素，也趋之若狂，这种元素被认为是所有元素中人人最想得到的。那就是黄金。

· · ·

在德韦恩、特劳特和我都小的时候，这种对张开大口的河狸的迷恋扩大到了内裤。女孩子们想尽方法掩藏她们的内裤，而男孩子们则想尽方法要一窥她们的内裤。

女人的内裤是这个样子：

德韦恩小的时候在学校里首先学到的事情之一，就是他在运动场偶然瞥见女孩的内裤时就要高歌一曲。那是别的学生教他的。歌词如下：

我见到了英国，

我见到了法国，

我见到了一个

小女孩的内裤！

基尔戈·特劳特一九七九年接受诺贝尔医学奖的时候宣称："有人说，没有进步这么一回事。如今地球上只剩下人类这一动物了，我承认，这个事实似乎是一种令人感到糊涂的胜利。凡是熟悉我以前出版的著作的人都不难理解，在最后一只河狸死的时候我为什么特别哀痛。

"不过，我小的时候，有两个恶魔同我们一起住在这个星球上，我庆贺它们今天都灭绝了。它们决心要杀死我们，或者至少要使我们的生命失去意义。它们几乎得了逞。它们是残酷的敌人，而我的小朋友河狸却不是。它们是狮子？不是。是老虎？不是。狮子和老虎大部分时间都在打瞌睡。我要点明的恶魔从来不打瞌睡。它们住在我们的脑袋里。它们是一心要得到黄金的欲望和——上帝做证——一窥小女孩内裤的欲望。

"我得感谢这种欲望这么可笑，因为它们使我们知道，一个人可能会什么都相信，可能会根据信念——任何信念——而做狂热的事。

"这样，我们如今可以把我们一度用于黄金和内裤的狂热奉献给无私，以此来建设一个无私的社会。"

他说到这里停了一下，然后就以挖苦的哭腔朗诵了他小时候在百慕大学会的一支歌的开头。这支歌如今更有深意了，因为它提到的两个国家如今已风光不再了。他朗诵道："我见到了英国，我见到了法国……"

· · ·

实际上，到德韦恩·胡佛和特劳特历史性见面时，女人的内裤已大大贬值了。黄金价格却仍在上涨。

女人内裤的照片已不值印照片的纸价了，甚至高质量的张开大口的河狸彩色影片在市场上也无人问津。

曾经有一段时间，特劳特最畅销的书《车轮上的瘟疫》由于书中插图，可卖到十二元一册。如今它的售价只有一元，而且付这价格的人也不是为了图片。他们付钱买的是里面的文字。

· · ·

书里文字讲的是一个名叫"语言三号"的将要陨灭的星球上的生活，这个星球上的居民长得像美国汽车。他们有车轮，他们有内燃机当动力，他们吃的是化石燃料。不过，他们不是工厂制造出来的，他们是繁殖出来的。他们下的蛋里的婴儿是汽车，这些婴儿在油池里生长，而油则是从成人的曲轴箱中抽出来的。

"语言三号"有太空旅客来访，他们获知这个星球上的生物即将灭绝的原因：他们耗尽了他们星球上的资源，包括大气。

太空旅客在物质方面爱莫能助。汽车生物希望借些氧气，而且要太空旅客至少带一个他们下的蛋到其他星球上去孵化，在那里再开始新一代汽车文明。但是他们最小的蛋也有四十八磅[1]重，而太空旅客自己身高才一英寸[2]，他们的太空船还不如地球人的鞋盒大。他们是从齐尔托尔狄马尔来的。

齐尔托尔狄马尔人的发言人是卡戈。卡戈说，他所能做的只是告诉宇宙中的其他生物，汽车生物是多么棒。他对这堆汽油耗尽的生锈破车说的话是这样的："你们会消失，但不会被人遗忘。"

说到这里，这个故事的插图是两个姑娘，看上去是孪生姐妹，坐在沙发上张开大腿。

．．．

于是卡戈和他勇敢的齐尔托尔狄马尔小人国机组人员——他们都是同性恋者——到宇宙各处漫游，让大家记住汽车生物。最后他们来到了地球。卡戈把汽车的事老实告诉了地球

1　一磅约等于0.45千克。

2　一英寸等于2.54厘米。

人。卡戈不知道，地球人是很容易因为一个什么念头中邪的，就像他们很容易因为霍乱或鼠疫生病一样。地球上对什么坏主意、傻念头还没有免疫方法。

．．．

因此，根据特劳特的看法，人之所以不能拒绝坏念头的原因就在于此："念头在地球上是敌意或友谊的标志。它们的内容并不重要。朋友与朋友一致，是为了表示友谊。而敌人与敌人不一致，是为了表示敌意。

"地球人有他们的念头已有几十万年了，它们无关紧要，因为他们反正对之没有什么办法。念头可能就只是标志而已，像任何别的东西那样。

"对于念头不起作用，他们还有一句名言：'如果愿望是马，叫花子也会骑。'

"但是地球人后来发现了工具。这时与朋友一致可能是自杀，或者甚至更糟糕。但是一致还是继续，不是为了常识、礼貌，或者自保，而是为了表示友好。

"地球人继续保持友好，即使他们应该好好地思考。甚至当他们制造电脑代替自己进行一些思考时，他们设计电脑也不是为了智慧，而是为了友谊。因此他们命中注定要灭亡。杀人的叫花子就可以骑马了。"

3

　　根据特劳特的小说，在小人国的卡戈降临地球的一个世纪之内，那个一度祥和的、滋润的、养料丰富的绿色地球上，所有形态的生命都已濒于死亡或者已经死亡。到处都是人类所制造和崇拜的大甲壳虫的躯壳。它们是汽车。它们把一切都置于死地。

　　小人国的卡戈早在这个星球死亡之前就已死去。他当时在底特律一家酒吧里想对汽车的坏处作一番演讲。但是他的形体那么小，没有人理睬他。他想躺下来歇一下，一个喝醉了的汽车工人把他错当成厨房用的火柴，拿起来在酒吧柜台下使劲擦划几下，就把他弄死了。

· · ·

　　在一九七二年之前，特劳特只收到过一封书迷来信。它来自一个古怪的百万富翁，他雇用了一家私人侦探所来调查特劳特是谁、住在哪里。特劳特隐姓埋名，很难找寻，结果这次调查花了一万八千美元。

那封信送到了他在科霍斯的地下室寓所。信是手写的，特劳特由此推断写信的人可能只有十四岁左右。信中说，《车轮上的瘟疫》是用英语写的最伟大的小说，特劳特应该当美利坚合众国总统。

特劳特向他的鹦鹉大声读出这封信。"比尔，情况好起来了，"他说，"我一直知道会好起来的。我收到的这种信可多了。"接着他就读这封信。信中没有迹象表明写信的人是个成年人，钱多得要命。他的名字叫埃利奥特·罗斯沃特。

·　·　·

附带说一句，不通过一套宪法修正案，基尔戈·特劳特永远不可能当美国总统。他不是在美国出生的，他的出生地是百慕大。他的父亲里奥·特劳特保留了美国公民资格，在那里为皇家鸟类学会工作多年，保护世界上唯一的百慕大白尾海雕的栖息地。尽管采取了一切措施，这些绿色的大海雕最后还是灭绝了。

·　·　·

特劳特小的时候曾经看到这些白尾海雕一只只死去。他的父亲派给他丈量死雕翅膀张翼的宽度这个伤心的活儿。白尾海雕是地球上靠自身动力飞翔的最大生物。最后一具躯体的翅膀张翼宽度最大，有十九英尺二又四分之三英寸。

白尾海雕死绝之后人们才发现它们的死因。那是一种感染到它们的眼睛和脑子的真菌。而这种真菌又是无意中从人的足癣带到它们的栖息地的。

基尔戈·特劳特的家乡岛屿的旗帜是这个模样：

· · ·

结果是，尽管阳光明媚，空气新鲜，基尔戈·特劳特的童年却忧郁不快乐。这种悲观情绪在后来的生活中压倒了他，毁了他的三次婚姻，使他的独子利奥十四岁时就离家出走。这种悲观情绪的根源很可能在于发出怪味的腐烂的白尾海雕堆积的尸体。

· · ·

　　书迷的信来得太迟了。这不是好消息。基尔戈·特劳特把它看成是对隐私的侵犯。罗斯沃特的信承诺他要把特劳特捧出名。对此，特劳特要说的只有这句话："滚开，别来烦我的尸体袋！"当时只有他的鹦鹉在听他说话。

　　尸体袋是装刚刚被打死的美国兵尸体的塑料大袋。这是个新发明。

· · ·

　　我不知道尸体袋是谁发明的。不过我知道基尔戈·特劳特是谁发明的，是我。

　　我让他长了一口歪牙。我让他长了头发，不过我把他的头发变白了。我不让他梳头或者上理发馆。我让他把头发留得长长的，乱成一团。

　　我让特劳特的一双腿跟宇宙创世主在我父亲成了可怜的老头时给他的腿一样。这双腿是一对苍白的扫帚把儿。腿上没有毛，满布青筋。

　　在特劳特收到第一封书迷来信后两个月，我让他在邮箱里发现一份请柬，要他在美国中西部举行的艺术节上讲话。

．．．

请柬是艺术节主席弗雷德·T.巴里发来的。他对基尔戈·特劳特很客气，甚至尊敬，他恳求特劳特作为城外贵宾参加这次为期五天的艺术节，庆祝米德兰市纪念密尔德丽德·巴里艺术中心的揭幕。

请柬上没有说，不过密尔德丽德·巴里是米德兰市最有钱的人、艺术节主席的母亲。弗雷德·T.巴里出资新建了这一艺术中心，它的造型是置在几条支腿上的透明球体，没有窗户。晚上里面开灯时，很像刚升空的满月。

碰巧，弗雷德·T.巴里与特劳特同年，生日也一样。不过两个人的模样却不一样。弗雷德·T.巴里看上去甚至不再像是个白人了，尽管他是纯英国血统。他年纪越来越大，日子过得越来越开心，但是他的头发全都掉了，最后像个慈眉善目的中国老头。

他的模样这么像中国人，他索性穿戴得也像个中国人。真正的中国人常常把他错当作真正的中国人。

．．．

弗雷德·T.巴里在信中坦白承认，他还没有读过基尔戈·特劳特的作品，不过在艺术节开始前他会乐意阅读的。

"你得到了罗斯沃特先生的极力推荐，"他说，"他向我保证你是现在尚在人世的最伟大的美国作家。没有比这更高的称颂了。"

信中附有一张一千元的支票。弗雷德·T.巴里说明这是旅行费用和酬金。

这笔钱不少。特劳特马上阔了起来。

• • •

特劳特是这样受邀的：弗雷德·T.巴里想找一幅非常贵重的油画作为米德兰市艺术节的主要展品。他尽管有钱，却也买不起一幅，只好找人借一幅。

他最先找了埃利奥特·罗斯沃特，因为他有一幅埃尔·格列柯的名画，价值三百万美元以上。罗斯沃特说，艺术节可以展出这幅画，但有一个条件：必须请尚在人世的最伟大的美国作家，那就是基尔戈·特劳特在艺术节上致辞。

特劳特对这封阿谀奉承的信先是感到好笑，继而感到害怕。又有一个陌生人来侵犯他的尸体袋的隐私了。他睁大眼睛，把这个问题向他的鹦鹉提出来："为什么有人突然对基尔戈·特劳特发生了兴趣？"

他把那封信又读了一遍："比尔，他们不但要基尔戈·特劳特登场，他们还要他穿上小礼服。一定是弄错了。"

他耸耸肩："他们请我去也许因为他们知道我有一件小礼服。"这件礼服被他放在一只坐轮船旅行用的大木箱里，在各地带来带去已有四十多年了。它里面还有幼时的玩具、百慕大白尾海雕的骸骨，以及其他许多玩意儿——其中包括一九二四年他从俄亥俄州代顿市托马斯·杰弗逊中学毕业之前一次高三同学舞会上穿的那件小礼服。特劳特生于百慕大，在那里上的小学。然后他的家搬到了代顿。

他上的中学以一个奴隶主的名字命名，这个奴隶主也是世界上关于人类自由这一问题最伟大的理论家之一。

· · ·

特劳特从大木箱里取出小礼服穿上。这件小礼服很像我父亲在很老很老的时候穿的那件小礼服，它有绿色的霉点。有些霉菌繁殖的地方像一块块细软的兔毛皮。"晚上穿这正合适，"特劳特说，"可是，比尔，告诉我，十月里太阳下山之前在米德兰市穿什么？"他提起裤腿，露出了满布青筋、惨不忍睹的腿，"穿百慕大短裤和白色短袜，行不行，比尔？毕竟——我是百慕大人。"

他用一块湿布揩拭小礼服，霉菌很容易被擦掉了。"比尔，我真的不愿这么做，"他指的是他在杀死霉菌，"霉菌同我一样有生存的权利。比尔，它们知道自己要的是什么。我要是再这么擦就太浑蛋了。"

接着他想到比尔自己可能要什么。这很容易猜。"比尔,"他说,"我这么喜欢你,我是宇宙中这么一个大人物,我可以实现你的三个最大的愿望。"他打开了鸟笼的门,这是比尔自己无论如何也做不到的事。

比尔飞到了窗台上。它的小肩膀靠在窗玻璃上。在比尔和外面的自由天地之间就只隔着一层薄薄的玻璃。尽管特劳特做的是防风暴门窗生意,他自己的住处并没有装防风暴窗户。

"你的第二个愿望就要实现了。"特劳特说。他又做了一件比尔自己永远做不到的事。他打开了窗户。但是打开窗户却吓坏了这只鹦鹉,它飞回到笼子,跳了进去。

特劳特关上了笼子的门,插上闩子。"这么聪明地利用三个愿望,我还是第一次见到,"他对鸟儿说,"你仍留着一个愿望,可以等到以后再用——飞出笼子。"

· · ·

特劳特把他那封独一无二的书迷信同邀请信对上了号,但他不能相信,埃利奥特·罗斯沃特是个成人。罗斯沃特的手迹是这样的:

You ought to be President of the United States!

（你应该做美国总统！）

"比尔，"特劳特迟疑地说，"有个名叫罗斯沃特的小青年给我弄到了这个差事。他的父母一定是艺术节主席的朋友，他们那边对书籍是一点儿也不懂的。因此，他说我写得好，他们就信了。"

特劳特摇摇头："我不想去，比尔。我不想离开我的笼子，我不至于这么蠢。即使我想离开笼子，我也不会去米德兰，让自己——还有我唯一的书迷——成为笑柄。"

. . .

他就让这件事到此为止了。不过他不时又把信拿出来读读，后来都背得出来。这时，信纸上有一个细微的含义他终于领悟到了。那是信纸抬头处的两个代表喜剧和悲剧的面具。

一个面具是这样的：

另一个这样：

"他们那里除了笑面具以外什么都不要，"特劳特对他的鹦鹉说，"不幸的失败者不需应征。"但是他的心里却没有就此打住。他有了一个他觉得十分刺激的念头："但是也许不幸的失败者正是他们需要看到的。"

于是，他就积极起来。"比尔，比尔——"他说，"你听着，我要离开这牢笼，不过，我会回来的。我要到那里去让他们看一看以前艺术节上从来看不到的东西：千千万万个一生致力于寻求真与美而没有发财挣大钱的艺术家的代表！"

·   ·   ·

　　特劳特还是接受了邀请。在艺术节开幕前两天，他把比尔交给楼上的房东太太照看，自己就搭便车去了纽约市，衬裤里层缝了五百元钱。其余的钱他存在了银行。

　　他之所以先去纽约是因为他想到那里的色情书店找几本他的作品。他家中已没有存书。他瞧不起这些书，但是如今他希望在米德兰市朗诵它们——借此表示这是一个悲剧，同样也十分可笑。

　　他打算告诉那里的人，他想有一块怎么样的墓碑。

　　它是这样的：

[某某人（从某年到某年）他努力过]

4

在这期间，德韦恩精神越来越错乱了。有一天夜里，他在密尔德丽德·巴里艺术中心的上空看到了十一个月亮。第二天早晨，他看到一只大鸭子在兵工厂路和老县路的交叉口指挥交通。他没有把看到的告诉别人，他保守了秘密。

但是，他脑袋里的不良化学成分厌倦了保密。它们已不再满足于只让他感觉到和看到奇怪的事。它们要他也做奇怪的事，而且发出声音来。

它们要德韦恩·胡佛为自己的病感到骄傲。

· · ·

人们后来说当初不该没有注意到德韦恩的行为中的危险信号，没有理会他明显的呼救。在德韦恩发了疯以后，当地报纸对此发表了一篇深表同情的社论，要求大家互相注意危险信号。社论的标题是：

要求帮助的呼声——呼救

但是德韦恩在见到基尔戈·特劳特之前并没有那么古怪。他在公开场合的行为完全在米德兰市可以接受的行为、信念、谈吐的限度之内。最接近他的人是他的白人秘书和情妇弗朗辛·帕夫科，她说，在德韦恩公开显出是个疯子之前的一个月里，他似乎越来越快活了。

"我一直在想，"她躺在医院病床上对报馆记者说，"他终于摆脱了他妻子自杀的痛苦。"

· · ·

弗朗辛在德韦恩的主要业务地点上班，那就是庞蒂克村德韦恩·胡佛十一号出口，就在新开的假日旅馆隔壁。

弗朗辛认为他越来越快活的原因是：德韦恩开始高唱他年轻时流行的歌曲，如《点灯的老人》《铁比——铁比——丁》《搂紧》《蓝色的月亮》等。德韦恩以前从来没有唱过歌。如今他坐在办公桌前，或者在带顾客坐样车转一圈，或者在看着机工检修汽车的时候放声歌唱。有一天他走过新假日旅馆的大堂，一边高声歌唱，一边向别人微笑、打招呼，好像他是被雇来招待他们似的。但是没有人认为这一定是精神失常的症状，特别是因为德韦恩也有这家旅馆的股权。

一个看门的黑门童和一个黑侍者谈论了他唱歌的事。"听他唱得多么开心。"看门的门童说。

"要是我有他的家财，我也会唱。"侍者回答。

· · ·

唯一大声说出德韦恩快要发疯的人是德韦恩在庞蒂克经销处的白人销售经理，他是哈里·勒沙勃。在德韦恩发疯之前足足一个星期，哈里就对弗朗辛说："德韦恩准是有了毛病。他平时是那么和蔼可亲，可是我现在发现他不再那么和蔼可亲了。"

哈里比别人都了解德韦恩。他跟着德韦恩已有二十年了。他来工作时，经销处还设在城里黑人区的边上。

"我了解他，就像当兵的了解战友一样，"哈里说，"经销处还在杰弗逊街的时候，我们每天都是豁出命去干的。我们一年平均要遭劫十四次。我可以告诉你，今天的德韦恩同我以前见到的德韦恩完全不是同一个人了。"

· · ·

关于遭劫一事不假。这就是德韦恩能够这么便宜买下庞蒂克经销处的原因。除了少数几个黑人罪犯以外，白人是唯一有足够的钱买新汽车的，他们总是要买凯迪拉克牌汽车。而白人如今害怕到杰弗逊街上去了。

· · ·

德韦恩是这样弄到钱买下经销处的：他从米德兰县国民银行贷款。他把一家当时叫作米德兰市军械公司的股票当作抵押。这家公司后来改名为巴里特隆有限公司。德韦恩当初是在大萧条最严重的时候买的股票，当时这家公司的名字叫作美国神奇机器公司。

这些年来公司不断改名，那是因为业务性质多变。但是它的管理当局坚持该公司原来的格言——这是为了怀旧。格言是这样的：

再见吧，忧郁星期一[1]

听着——

哈里·勒沙勃对弗朗辛说："一个人同另外一个人一起作过战，他就会感觉到他的战友性格的细微变化，德韦恩就有了变

1　"蓝色"（blue）在英文中亦有"沮丧""闷烦"的含义。

化。你可以去问弗农·加尔。"

弗农·加尔是德韦恩把经销处搬到州际公路上去以前为德韦恩工作的仅剩的另一个雇员，一个白人机工。事实是，弗农家里出了麻烦。他的妻子玛丽是精神分裂症患者，因此弗农没有注意到德韦恩是否有了变化。弗农的妻子认为弗农想要把她的脑子变成钚。

. . .

哈里·勒沙勃有权谈论战斗。他曾在一场战争中参加过实际战斗。德韦恩没有参加过战斗，在第二次世界大战时他是美国陆军航空队的文职雇员。有一次他奉令在一颗准备投到德国汉堡上空去的五百磅炸弹上用油漆写上一个讯息。那是：

GOODBYE BLUE MONDAY

（再见吧，忧郁星期一）

* * *

弗朗辛说："哈里，谁都有一两天不对劲的时候。据我所知，德韦恩不对劲的日子比谁都少，因此，他真的碰上了像今天这么不对劲的日子，有人就感到难受、感到奇怪。他们不该这样。他像大家一样，也是人。"

"但是他为什么单单挑出我呢？"哈里想知道。他说得不错：德韦恩那天单单挑出他来进行辱骂，使他感到意外。但除他之外，别的人仍觉得德韦恩十分和蔼可亲，没有什么两样。

当然，德韦恩后来把谁都辱骂了一通，包括从宾夕法尼亚州伊利来的三个陌生人，他们从没来过米德兰市。不过在此之前，哈里还是唯一的倒霉蛋。

* * *

"为什么是我？"哈里问道。这在米德兰市是个常碰到的问题。人们在发生了各种各样的意外事故后被抬进救护车时，或者因行为扰乱社会秩序而被捕时，或者家中被盗时，或者鼻子挨了一拳时，都常常会问："为什么是我？"

"也许是因为他觉得你够仗义、够朋友，可以在他感到不对劲的日子里忍着他点儿。"弗朗辛说。

"要是他侮辱你的衣服，你会怎么样？"哈里问。德韦恩对他干的就是这个：侮辱他的衣服。

"我会记住他是城里最好的老板。"弗朗辛说。这话不错。德韦恩出的工资高。他每年年底都分红，发圣诞节奖金。他是该州这一地区第一个给职工蓝十字蓝盾牌的汽车经销商，蓝十字蓝盾牌是健康保险。他的退休政策比市里任何一家公司都优越，除了巴里特隆的一家公司。他的办公室的门永远向职工开放，让他们进来同他讨论所遇到的困难，不论这困难是否与推销汽车业务有关。

例如，就在他侮辱哈里衣着的那一天，他也同弗农·加尔谈了两个小时，谈的是弗农妻子的幻觉。"她看到了不存在的东西。"弗农说。

"她需要休息，弗农。"德韦恩说。

"也许我也疯了，"弗农说，"妈的，我回家同那条该死的狗说了好几个小时的话。"

"咱俩都一样。"德韦恩说。

· · ·

哈里和德韦恩之间发生的叫哈里那么不高兴的事是这样的：

哈里在弗农离开后不久就进了德韦恩的办公室。他没有想到会发生问题。因为他同德韦恩从来没有发生过很严重的问题。

"我的老战友今天过得怎么样？"他问德韦恩。

"再好不过了，"德韦恩说，"你有什么不顺心的事儿吗？"

"没有。"哈里说。

"弗农的妻子认为弗农想把她的脑子变成钚。"德韦恩说。

"钚是什么？"哈里问，他们就这样随便聊了一会儿，为了使谈话活跃一些，哈里给自己硬编了一个问题。他说他因为没有孩子有时很不开心。"不过，我也可以说很高兴，"他说，"我是说，人口已经太多，我为什么还要添乱呢？"

德韦恩没有说什么。

"也许我们应该领养一个，"哈里说，"但是如今太晚了。老太太和我 —— 我们两个人在一起日子过得挺好的。我们要个孩子干什么？"

是在提到领养孩子以后德韦恩才发作起来的。他本人是被领养的 —— 是由第一次世界大战中为了当工人挣大钱而从西弗吉尼亚搬到米德兰市来的一对夫妇领养的。德韦恩的生母是个当小学教员的老姑娘，喜欢写多愁善感的诗，自称是狮心王理查的后代，那是英国的一个国王。他的生父是排字临时工，他把她的诗排版成字稿，这样就把她骗到了手。他没有把她的诗塞进报纸或杂志，但排版成字稿她就满足了。

她是个有毛病的生育机器。她生了德韦恩，毁了自己。排字工人从此销声匿迹。他这部机器的专长就是来无影去无踪。

· · ·

很可能是提到领养这件事在德韦恩的脑袋里引起了不幸的化学反应。反正，德韦恩突然这么向哈里责问："哈里，为什么你不到弗农·加尔那里取一团废棉花，浸泡蓝色森诺可，把你他妈的衣柜里的衣服都烧掉？你让我觉得好像是在瓦生兄弟那里。"瓦生兄弟是为家境尚可的白人服务的殡仪馆。蓝色森诺可是一种汽油的牌子。

哈里吃了一惊，接着就觉得很伤心。他认识德韦恩这么多年来从来没有听到过他说关于他衣服的话。在哈里看来，这些衣服都是保守的、整洁的。他的衬衫都是白衬衫，他的领带是黑色或藏青的，他的衣服是灰色或深蓝的，他的皮鞋和袜子是黑色的。

"听着，哈里，"德韦恩说，他的表情很恶毒，"夏威夷周马上就来了，我是完全认真的：把你的衣服全都烧了，买新的，要不就到瓦生兄弟那里找工作去，一边让他们给你的尸体做一下防腐处理。"

· · ·

哈里除了张口结舌以外不知如何是好。德韦恩说的夏威夷周是一个促销计划，需要把经销处尽量装饰成夏威夷群岛的样子。在这个星期来买车的人，不论买的是新车还是旧车，或者是来修车，都可以抽一次奖。中奖的三个人都可以带一位伴侣免费去拉斯维加斯、旧金山，最后到夏威夷玩一遭。

"哈里，你卖的是庞蒂克牌汽车，但我不在乎你的名字叫别克——"德韦恩继续说。他指的是通用汽车公司别克分部出了一种名叫勒沙勃的新车型。"这是你没有办法的事。"德韦恩如今轻轻拍着他的办公桌面。这比他用拳头敲办公桌还杀气腾腾。"但是有许许多多事情你是可以改变一下的，哈里。马上有个长周末来了。我希望下星期二早晨我来上班时看到你有了面目一新的变化。"

这个周末特别长，因为下星期一是退伍军人节公休日。这是为了纪念曾着军装为国效力的人。

· · ·

"哈里，咱们开始经销庞蒂克的时候，"德韦恩说，"这种车子是学校老师、老奶奶、单身的姑娘最合适的交通工具。"这话不假，"也许你没有注意，哈里，不过庞蒂克如今已变成要享受人生的年轻人的时髦玩意儿了！而你这副穿着打扮和行为举止像是在殡仪馆里！你去照照镜子，问一下自己，哈里：'谁会把这样一个人同庞蒂克联系在一起？'"

哈里·勒沙勃气得说不出话来，没法儿向德韦恩指出，不管他的外表如何，大家都公认他不仅是该州而且是整个中西部最成功的庞蒂克车销售经理之一。庞蒂克车是米德兰市一带最畅销的汽车，尽管它不是低价车，是中价车。

· · ·

　　德韦恩·胡佛告诉可怜的哈里·勒沙勃，离夏威夷周只差一个长周末了，这是哈里放松一下的黄金机会，自己好好玩一玩，也鼓励别人好好玩一玩。

　　"哈里，"德韦恩说，"我有个消息告诉你：现代科学给我们带来了许许多多好看的新颜色，和它们的奇怪的令人兴奋的名称，什么红色、橘色、绿色、粉红色！哈里，我们不再只有黑色、灰色、白色了！这是不是好消息，哈里？州议会刚刚宣布，在工作时间里微笑不再是犯罪了，哈里，我还得到了州长亲自保证，不会再有人因为讲个笑话而被送到成人感化院的风化部去了！"

· · ·

　　哈里暗地里是个异性服装癖，否则他就不会为此感觉受到太多的伤害了。他在周末喜欢穿女装，而且也不是朴素的服装。哈里和他的妻子会拉下百叶窗，哈里就变成了天堂里的一只鸟。

　　除了哈里的妻子，没有人知道这个秘密。

　　所以德韦恩嘲笑他来上班时穿的衣服，而且接着又提到牧羊人镇成人感化院的风化部时，哈里怀疑他的秘密已经泄露。而且这秘密可不是什么好玩的事。哈里可能因为周末的这种荒唐行为而被捕。他可能被处最高三千美元的罚款，并且到牧羊人镇成人感化院的风化部去做五年劳役。

· · ·

因此，在发生了这事以后，可怜的哈里在退伍军人节这一周末度日如年。不过德韦恩过得更糟。

那个周末的最后一晚德韦恩是这样过的：他脑袋里的不良化学成分让他赶忙下了床。他好像遇到了什么紧急事故需要处理一样，匆匆穿上衣服。那是在清晨一两点钟。退伍军人节已在钟响十二下以后结束。

德韦恩由于不良化学成分作祟，从枕下取出上了子弹的点三八口径左轮手枪，插进嘴巴。左轮手枪是一种工具，唯一目的是对人体造成孔穴。它的模样如下：

在德韦恩所居住的星球里的那一部分，任何想要置备一把手枪的人都可以到本地五金店去买一把。警察都有一把。罪犯也是这样。夹在中间的人也是这样。

罪犯会举着它对人说："把你的钱都给我。"人们一般都会给他。警察会举着它对罪犯说："站住。"或者不论什么形势需要，罪犯一般都会照办。有时他们不会照办；有时有的妻子对自己的丈夫实在气不过了，就会用一把枪把他打个洞；有时有的丈夫对自己的妻子实在气不过了，就会把她打个洞；如此等等。

在德韦恩·胡佛发疯的那一周，米德兰市有个十四岁的男孩把他母亲和父亲打了个洞，因为他不想把带回家的坏分数成绩单给他们看。他的律师打算提出暂时精神错乱的申辩，这就是说，那孩子在开枪的时候没有能力分辨是非。

· · ·

有时有人会给名人打个洞，这样自己至少也能出名。有时有人登上飞往某地的飞机，威胁机长和副机长，要给他们打个洞，除非他们把飞机飞往另一个地方。

· · ·

德韦恩把枪口对准自己嘴巴一阵子。他尝到了机油味。那把枪已经上了膛，打开了保险栓。里面有个小小的铁匣，装着木炭、硝酸钾和硫黄，距他脑袋只有几寸远。他只要一扣扳机，火药就会变成气体。气体就会把一块铅推出膛，穿过德韦恩的脑袋。

但是德韦恩决定先开枪打他铺了瓷砖的洗澡间。他用铅块射穿了马桶、脸盆和放浴缸的小间。在浴缸小间的玻璃上有一只磨砂火烈鸟。它的模样是这样的：

德韦恩开枪打火烈鸟。

他后来想到时就冷笑。他冷笑时说的话是："该死的蠢鸟。"

没有人听到枪声。这一带的房子隔音都很好，声音传不出去，也传不进来。例如，声音要从德韦恩的梦想之屋传出或者传进来，得穿过一寸半厚的水泥板、聚苯乙烯隔气层、铝箔、三寸厚的空气层，又是一层铝箔，又是三寸厚的玻璃棉，又一层铝箔，用锯末压制板做的一寸厚绝缘板、油毡、一寸厚的木制盖板，又是油毡，最后是中空的铝滑门。滑门中的空间填塞着一种神奇的绝缘材料，这是专门用在发射向月亮的火箭上的。

德韦恩开了房子四周的弧光灯，他在可以放五辆汽车的车库外面的沥青停车场上打起篮球来。

德韦恩开枪打洗澡间时，他的狗斯巴基躲在地下室里。如今它出来了。斯巴基看着德韦恩打篮球。

"就只有你和我，斯巴基。"德韦恩说，如此等等。他当然爱他的狗。

没有人看见他打篮球。树木和灌木丛，还有一道高高的雪松篱笆把他和邻居隔开。

．．．

　　他把篮球收好，进了一辆黑色的普利茅斯牌怒焰型汽车，那
是他头一天作价收进的。普利茅斯是克莱斯勒公司的产品，而德
韦恩本人是推销通用汽车公司产品的。他决定试开一两天，以便
了解竞争对手。

　　他把车倒出车道时，他想应该向邻居解释一下他为什么坐在
普利茅斯牌怒焰型汽车里，因此他向窗外大叫："为了了解竞争
对手！"他按了喇叭。

．．．

　　德韦恩开上了老县路，转到州际公路，路上只有他自己一辆
车。他高速转入十号出口，撞上了护栏，车子转个不停。他往后
倒车，开到联邦大道，蹿上了人行道，在一块空地上停了下来。
这块空地是德韦恩的。

　　没有人听到或看到什么，这一带没有人住。每隔一小时左右
应该有个警察巡逻到这里，但目前他在大约两英里外西部电气公
司仓库后面的小巷里躲在车里打盹儿。打盹儿是警察行话。

· · ·

　　德韦恩在他的空地里待了一会儿。他打开收音机。米德兰市所有电台夜里都停播了，德韦恩选了西弗吉尼亚的一家乡村音乐台，该台广告说，你付六元钱就给你送去十种不同的开花灌木和五棵果树，货到付款。

　　"听起来不错。"德韦恩说。他真是这个意思。他的国家里所有发出和收到的讯息几乎都与买卖什么东西有关，甚至通灵术传来的讯息也如此。在德韦恩听来，它们都像催眠曲。

5

在德韦恩·胡佛收听西弗吉尼亚电台时，基尔戈·特劳特正准备在纽约市的一家电影院里好好睡一觉。这比在旅馆过夜便宜多了。特劳特以前从来没有这么做过，不过他知道在电影院里睡觉是真正肮脏不堪的老淫棍会做的事。他希望他到米德兰市时是所有老淫棍中最肮脏不堪的。他要参加在那里举行的名叫"美国小说在麦克卢汉时代的前途"的研讨会。他希望在会上说："我不知道麦克卢汉是谁，但是我知道同许多别的老淫棍一起在纽约市一家电影院里过夜的滋味。咱们能不能谈谈这个？"

他也希望能够说："这个叫麦克卢汉的，不管他是谁，对张开大口的河狸同书籍销售的关系有没有什么话要说？"

　　特劳特是那天傍晚从科霍斯来到纽约市的。他到了以后就去逛了好几家色情书店和一家衬衫店。他买了自己的两本书，《车轮上的瘟疫》和《如今可以说了》，一本刊载他的短篇小说的杂志和一件小礼服衬衫。杂志名叫《黑吊袜带》。小礼服衬衫胸前有皱边。特劳特听从衬衫售货员的建议，也买了一整套配件，有宽腰带、纽扣花束和领结。配件都是橘红色的。

　　这些东西如今都在他的膝上，外加一只发脆作响的牛皮纸口袋，内装他的小礼服、六条新短裤、六双新袜子、剃须刀和新牙刷。特劳特不用牙刷已有多年了。

· · ·

　　《车轮上的瘟疫》和《如今可以说了》两本书的护封都告诉你里面有不少张开大口的河狸。《如今可以说了》就是令德韦恩变成疯子杀人狂的那本书，封面上的图画是一个大学教授被一群裸体的大学女生剥光衣服。在女生联谊会的窗口可以看到图书馆的高塔。外面是白天，塔上有一座钟，钟的模样是这样的：

　　教授已经脱光到只剩糖果包装纸条纹的裤衩、短袜和袜带、方帽子了。方帽子是这样的一种帽子：

　　在这本书里根本没有教授、大学或女性联谊会的影子。这本书被宇宙创世主以长信的形式，写给了宇宙中唯一有自由意志的生物。

· · ·

　　至于《黑吊袜带》杂志中的那个短篇，特劳特事先并不知道已被选中刊载。显然，好几年前就被选中了，因为杂志的出版日期是一九六二年四月。特劳特是在铺子进门的地方一只装旧杂志的箱子里发现的。这些杂志都是内裤杂志。

　　特劳特买这本杂志时，收款员以为他一定是喝醉了，或者是低能儿。收款员觉得，他能看到的只是女人穿内裤的照片。不错，她们的双腿张开，但她们都穿了内裤，所以绝不是铺子里边出售的张开大口的河狸的竞争对手。

　　"希望你喜欢。"收款员对特劳特说。他的意思是，他希望特劳特会找到几张他可以对着发泄欲望的照片，因为这是这些书和杂志的唯一用途。

　　"这是为艺术节买的。"特劳特说。

· · ·

　　至于那短篇小说本身，它题为"跳舞的傻子"。像特劳特的许多短篇小说一样，写的是无法沟通的悲剧故事。

　　情节是这样的：一个名叫佐格的飞碟生物到了地球，解释如何能够防止战争和医治癌症。他是从马尔戈带来这些讯息的，马尔戈是个行星，那里的人用放屁和跳踢踏舞来交谈。

佐格在夜里降落在康涅狄格州。他刚着陆就看见有一所房子着火了。他冲进房子里放着屁、跳着踢踏舞，警告里面的人发生了危险。这一家的一家之主用高尔夫球棍砸了佐格的脑袋。

· · ·

特劳特抱着大包小包坐在那家只放色情电影的电影院。音乐非常柔和。银幕上一对年轻男女的幻影在安静地互相吮吸着对方柔软的嘴。

特劳特坐在那里时构思好了一部新小说。那是关于一名地球宇航员到达一个除了类人动物以外动植物都因污染而死绝的星球。类人动物靠吃石油和煤做的食物维持生命。

他们设宴招待宇航员，他名叫唐。吃的东西糟极了。谈话的主题是审查。城市里尽是放映下流影片的电影院。类人动物希望能设法让它们停业而又不破坏言论自由。

他们问唐，在地球上下流电影是不是亦成问题，唐回答说："是的。"他们问他那些电影是不是真的下流，唐答道："电影能有多下流，就有多下流。"

这对类人动物是一种挑战，他们认为他们的下流电影是地球上任何东西都望尘莫及的。因此他们都登上气垫车，飘到市里一家下流电影院。

他们到的时候正逢片间休息，因此唐有时间考虑一下还有什么能比他在地球上已经看到的更下流。电影院灯光还没有灭，他的性欲就被勾起了。他们这一行人中的女人变得有些按捺不住。

这时电影院里灯光熄灭，幕布升起。起先没有什么镜头出现。扩音器里传来了哼唧和呻吟声。接着影片开始放映。这是一部高画质的影片，片中一个男性类人动物在吃一只看起来像梨的东西。镜头推近他的嘴唇、舌头和牙齿，口水晶晶发光。他从容不迫地吃那只梨。最后一口进去时，镜头聚焦到他的喉结。他的喉结一上一下地动着。他满足地打个饱嗝儿，这时银幕上出现了这两个字，不过是该星球上的文字：

剧终

. . .

当然，这一切都是假的，不再有什么梨了。吃梨不是那天晚上的主要节目。这是一部短片，目的是使观众有时间安静下来。

接着正片开始了。讲的是一男一女和他们的两个孩子和狗、猫。他们不停地吃了一个半小时 —— 汤、肉、饼干、黄油、蔬菜、浇了酱汁的土豆泥、水果、糖果、蛋糕、馅饼。镜头很少离开他们油光光的嘴唇和一上一下的喉结一尺远。接着做父亲的把狗和猫放到桌上，让它们也可以参加饕餮。

过了一会儿，演员们实在吃不下了。他们吃得那么饱，连眼珠都瞪出来了。他们动不了。他们说他们觉得一星期之内再也吃不动了。他们慢慢地收拾桌子。他们拖着脚步来到厨房，把大约三十磅重的剩余食物倒入泔水桶。

观众如醉如狂。

． ． ．

唐和他的朋友离开电影院时，他们被类人动物妓女拦住了，要给他们鸡蛋、橙子、牛奶、黄油、花生等。当然，这些妓女实际上是交不出货来的。

类人动物告诉唐，如果他跟妓女回家，她会给他烧一顿用石油和煤的产品做的饭，价格吓人。

接着，他吃饭的时候，她会用下流的话说这吃的东西是多么新鲜，充满天然液汁，尽管这些食物都是人造的。

6

德韦恩·胡佛在他自己的空地上，坐在普利茅斯牌怒焰型旧汽车上一个小时，听着西弗吉尼亚电台。他们告诉他的讯息有：一天只付几分钱的健康保险；怎样提高他的汽车的性能；怎样对付便秘。他们还向他推销一种圣经，其中用大写的红字标出上帝或耶稣真正说过的话；向他推销一种植物，能把家中携带疾病的昆虫引过来吃掉。

这一切都储存在德韦恩的记忆里，以备日后之用。他的记忆里什么都有。

· · ·

就在德韦恩孤寂地坐在那里的时候，米德兰市最老的居民正在县立医院死去，这医院在九英里外费尔彻尔德大道尽头处。她是玛丽·杨，一百零八岁，是个黑人。玛丽·杨的父母是肯塔基州的奴隶。

玛丽·杨和德韦恩·胡佛有一点点关系。她曾为德韦恩家洗过衣服，那还是德韦恩很小很小的时候。她向小德韦恩讲圣经故事和奴隶故事。她告诉他，自己曾经在辛辛那提看到公开绞死一个白人，那还是她很小的时候。

· · ·

县立医院的一个见习黑人医生看着玛丽·杨因患肺炎而死去。

见习医生不认识她。他到米德兰市来只有一星期。他还不是美国人，不过他已在哈佛取得医学学位。他是个印达罗人，尼日利亚国籍。他的名字叫塞浦里安·乌克温德。他与玛丽或任何美国黑人都没有亲近感。他只与印达罗人有亲近感。

玛丽死的时候，在这个星球上同德韦恩·胡佛或基尔戈·特劳特一样孤独。她从来没有生育。没有亲友来送终。因此她在这个星球上讲的最后的话是向塞浦里安·乌克温德说的。她已没有足够的气来使声带发音了。她只能无声地嚅动一下嘴唇。

关于死，她说的只有："唉，我的天！唉，我的天！"

· · ·

　　玛丽·杨像所有濒死的地球人一样，把她微弱的声息发给认识她的人。她发出了一小群心灵感应蝴蝶，其中一只轻拂九英里外的德韦恩·胡佛的脸颊。

　　德韦恩听到他脑后什么地方传来一声疲劳的叹息，虽然背后并没有人。这声音对德韦恩说的是："唉，我的天！唉，我的天！"

· · ·

　　德韦恩的不良化学成分这时起了作用，使他把车发动起来。他开出了空地，平稳地驶上联邦大道，它与州际公路并行。

　　他开过他的主要经营地，即庞蒂克村德韦恩·胡佛十一号出口，转进了隔壁新开的假日旅馆的停车处。德韦恩占了这家旅馆的三分之一股权，与米德兰市著名整牙医生阿尔弗雷德·马里蒂莫和担任牧羊人镇成人感化院假释委员会主席的比尔·米勒合伙。

　　德韦恩走上旅馆背后的扶梯，到了屋顶，没有遇见什么人。天上挂着满月。有两个满月。刚刚落成的密尔德丽德·巴里艺术中心是个用支架支起的透明圆球体，如今里面发出光来，看上去像个满月。

· · ·

　　德韦恩凝视着熟睡中的城市。他生在这里。他生命的头三年是在距他站立处只有两英里远的孤儿院里度过的。他在这里被人领养，受到了教育。

　　他现在不但拥有庞蒂克经销处和假日旅馆部分产权，还拥有三家"汉堡包大厨"连锁店、五家投币洗车店，以及糖溪汽车电影院、WMCY电台、三枫高尔夫球场等的合伙权，本地一家电子公司巴里特隆公司一千七百股股份。他还拥有好几块空地。他担任米德兰县国民银行董事会董事。

　　但是现在，米德兰市在德韦恩眼中却是那么陌生可怕。"我这是在哪儿啊？"他问自己。

　　比如，他甚至忘记了他的妻子西丽亚吞服德拉诺自杀这回事了。德拉诺是氢氧化钠和铝片混合物，原来是用于疏通下水道的。西丽亚成了一座小火山，因为她也是用通常堵塞阴沟的那种物质做的。

　　德韦恩甚至忘记了他唯一的孩子——一个儿子——长大后成了名声扫地的同性恋者。他名叫乔治，但大家都叫他"本尼（兔子）"。他在新开的假日旅馆鸡尾酒吧弹钢琴。

　　"我这是在哪儿啊？"德韦恩说。

7

　　基尔戈·特劳特在新纽约市电影院的男厕所里放了一次水。在卷筒毛巾旁边的墙上有一张贴纸。那是给一家名叫"苏丹王后宫"的按摩院做广告的。在纽约，去按摩院还是件极刺激的新鲜事。男人可以进去拍裸体女人照片，或者用水溶性油彩涂她们的裸体。男人可以让按摩女按摩全身。

　　"这种生活充实而且快活。"基尔戈·特劳特说。

　　卷筒毛巾旁边的瓷砖上有铅笔写的一句话。这话是：

what is the purpose of life?

（生命的意义是什么？）

特劳特掏了几个衣袋找笔。他对这个问题有个答案。可是他没有工具去写，甚至连烧过的火柴梗也没有。因此他只好随它去，没有作答，但是如果他能找到什么来书写的话，他就会这么写：

充当

创世主的

眼睛

耳朵

良心，

你这笨蛋。

特劳特回到电影院的座位时，他充当了创世主的眼睛和耳朵。他用心灵感应向创世主发出信息，告诉他自己在哪里。他报告说男厕所清洁得像一张白纸。他从前厅发出信号说："我脚下的地毯软软的，是新铺的。我想它一定是一种神奇的纤维织的，蓝色。你知道我说的'蓝色'是什么意思吗？"如此等等。

他到观众席上时，灯还开着。除了经理之外没有人，经理还身兼检票员、保安和清洁工的工作。他正从座位间把脏东西扫出来。他是个中年白人。"今晚没有戏了，老爷子。"他对特劳特说，"该回家去了。"

特劳特没有吭声，他也没有马上就走。他察看了大厅后方的一只绿色搪瓷盒子。这盒子里装着放映机和音响装置以及胶片。有一根电线从盒子里出来连在墙上的插座上。盒子前面有个孔眼。影片就是从这孔眼里放映出来的。盒子旁有个简单的开关。开关形状是这样的：

ON （开）

OFF （关）

. . .

特劳特感到很好玩，只要一扳开关，人们就又可以开始表演了。

"晚安，老爹。"经理加重口气说。

特劳特恋恋不舍地离开了机器。他对经理这么说："这台机器能满足这样的一种需要，开起来这么容易。"

· · ·

　　特劳特走时，他向创世主发了心电感应，以他的眼、耳、良心说话："已向第四十二街进发。你对第四十二街已经知道了多少？"

8

特劳特漫步到第四十二街的人行道上。那是个危险的去处。整个城市都危险 —— 那是由于化学成分和财富分配不均等。很多人像德韦恩：他们在自己身体里制造对脑子不利的化学成分。但市里有好多好多的人买来不良化学成分，他们有的吃、有的吸，有的用这样形状的针管注射到血管里：

有时他们甚至把不良化学成分塞进屁眼。他们的屁眼形状是这样的：

. . .

　　大家之所以对化学成分和自己的身体冒这样大的险是因为他们要改善生活质量。他们住在丑陋的地方，只有丑陋的事情可做。他们没有什么大钱，因此他们不能改善环境。于是他们就尽量把他们身体内部弄得漂亮些。

　　但是至今为止，结果不堪设想 —— 自杀、盗窃、谋杀、发疯，如此等等。而新的化学成分却不断涌入市场。在第四十二街距特劳特所在地二十英尺开外的地方，有个十四岁的白人少年躺在一家色情店的门口，失去了知觉。他吞服了一品脱新型的油漆去除剂，那是前一天刚刚上市的。他还吞服了两片防止牲畜传染性流产的药丸，这种病叫"砰氏病"。

. . .

　　特劳特在第四十二街上被吓呆了。我给了他不值得活的生命，但我也给了他活下去的铁的意志。这是地球上很常见的结合。

电影院经理出来，随手锁上身后的门。

有两个黑人年轻妓女不知从哪儿来的。她们问特劳特和电影院经理是不是想玩玩。她们高高兴兴的，一点也不怕，因为在半小时以前她们吃了一管挪威产的痔疮药。这种药不是口服的，应该是抹在屁眼上的。

她们是乡下姑娘。她们是在这个国家的南方长大的，她们的祖先在那里被当作农业机械使用。不过，那里的白人农民不再用人体做成的机器了，因为铁做的机器更便宜可靠，所需房舍也简单。

因此黑人机器得离开那里，否则就要饿死。他们到城市里来，因为别的地方都在篱笆和树上钉着这样的牌子：

（闲人莫入！指的是你！）

· · ·

　　特劳特曾经写过一篇小说叫《指的是你》。故事发生在夏威夷群岛，也就是德韦恩·胡佛在米德兰市举行的比赛中优胜者去的地方。该群岛的所有土地都属于大约四十个人所有，特劳特在故事中让这四十人决定充分运用他们的产权。他们到处钉上"闲人莫入"的牌子。

　　这给群岛上许许多多其他的人造成了莫大的麻烦。地心引力使他们必须留在地球表面。要不然，他们只能到海里去，在海岸外浮沉。

　　这时联邦政府提出了一个应急计划。它给每一个没有地产的男女老幼发了一只充了氮气的大气球。

· · ·

　　每一只气球系着一根吊带，下面悬着铁砣。夏威夷人因此可以继续住在岛上而双脚不用踏在别人的地产上。

· · ·

　　这两个妓女如今为一个拉皮条的干活儿。他十分了不起，十分残酷。对她们来说，他是神。他夺走了她们的自由意志，不过这完全无所谓。她们反正也不要什么自由意志。这就好像——打个比方来说，她们把自己交给了耶稣，这样她们就可以无私地、有信念地生活，只是她们是把自己交给了一个拉皮条的。

她们的童年时代已经结束。她们如今快要死了。对她们来说，地球是个虚有其名的星球。

当特劳特和电影院经理这两个虚有其名的阔佬说他们不要什么虚有其名的玩乐时，这两个快死的孩子就走开了，她们的脚在地球上着了地，又提起来，又着地。她们消失在街角。特劳特这个创世主的耳目打了一个喷嚏。

· · ·

"上帝保佑你。"电影院经理说。这是许多美国人在听到有人打喷嚏时完全自然的反应。

"谢谢你。"特劳特说。这样他们就结成了暂时的友谊。

特劳特说，他希望能平安地到一家廉价旅馆。经理说，他希望到时代广场地铁站去。于是他们一起走，从路边大楼门面传来脚步的回响。

经理告诉特劳特一些他对这个星球的看法。这上面有他的妻子和两个孩子。他们不知道他在管一家放映色情片的电影院。他们以为他晚上工作得这么晚是在做工程师咨询工作。他说，他这个年纪的工程师，在这个星球上已没有多大用处了。以前它是欢迎他们的。

"时运不济。"特劳特说。

经理告诉他，他正在开发一种绝妙的绝缘材料，可以用在登月的火箭飞船上。事实上，德韦恩·胡佛在米德兰市梦幻之屋铝墙上用的也是同种绝缘材料。

经理使特劳特想起了第一个登上月球的人说的话："这对个人来说只是一小步，对整个人类来说却是一大步。"

"这话真令人兴奋。"特劳特说。他回过头去，看到一辆奥兹莫比尔牌汽车跟着他们，是白色托罗那多车型，有黑色聚乙烯车顶。这辆有四百匹马力、前轮驱动的汽车在他们身后十英尺，紧挨着人行便道，以每小时三英里的速度慢慢开着。

这就是特劳特记得的最后一件事——看到身后的那辆奥兹莫比尔牌汽车。

· · ·

接下来他知道的事是，他在第四十九街皇后区桥底下的手球场上，挣扎着想爬起来，东河就在旁边流过。他的裤子和衬裤被褪到了脚踝。他的钱没了。他的包撒在四周——小礼服、新衬衫、书。一只耳朵渗着血。

警察在他提起裤子时发现了他。他们的强烈灯光使他睁不开眼，他正靠在手球场的后墙上，笨拙地系皮带和扣裤子前面的纽扣。警察以为他们捉到他时他在干什么妨碍治安的丑事，在把一个老头有限的排泄物和酒精拉掉。

他倒不是身无分文。他裤子的表袋里还有一张十元大钞。

· · ·

医院查明特劳特伤得不重。他被带到警察局接受询问。他能说的只有他被白色奥兹莫比尔汽车中的恶势力绑架了。警察要知道车中有多少人，他们的年龄、性别、肤色、说话腔调。

"就我所知，他们甚至可能不是地球人。"特劳特说，"就我所知，他们的汽车可能是由冥王星上的智慧汽油开的。"

· · ·

特劳特说得这么天真无邪，但是他的话结果却成了思想中毒传染病的第一颗细菌。传染病是这样传播开的：一个记者为第二天的《纽约邮报》写了一篇报道，他用特劳特的话作引子。

报道用了这个标题：

冥王星匪徒
劫持两人

特劳特的姓名成了基尔默·屈罗特尔，地址不明。他的年龄成了八十二岁。

别的报纸转载了这一报道，改写了一些内容。它们都抓住关于冥王星的笑话，故意称为"冥王星帮"。于是记者们都向警方探听关于"冥王星帮"的续讯，而警方则继续寻找关于"冥王星帮"的情报。

· · ·

于是饱受许多无名惊吓的纽约人就很容易害怕这看来是具体的事物——"冥王星帮"。他们在门上换了新锁，窗上装了铁栏，防止"冥王星帮"进来。他们晚上不再去戏院，因为害怕"冥王星帮"。

外国报纸散布了这个恐怖消息，发表文章劝告想来纽约旅游的人最好限于曼哈顿少数几条街，这样就可以躲开"冥王星帮"。

· · ·

在纽约市许多供肤色深的人住的贫民窟里，有一个贫民窟的一所废弃的大楼的地下室里聚集了一批波多黎各少年。他们年纪很小，但人数众多，聚散无常。他们希望让人害怕，目的在于保护自己和朋友、家人，那是警察不会做的。他们也想把毒贩赶出他们居住的这一带地方，得到社会的足够关注，这是十分重要的，由此可以引起政府的注意。这样政府就会做好收垃圾等工作。

其中一个名叫何塞·门多萨的，是个不错的画家。于是他在他们这一帮孩子的衣服背上画了他们新帮的图案。那就是：

（冥王星帮）

9

就在基尔戈·特劳特无意之中毒害了纽约市的全体市民的心灵时，精神错乱的庞蒂克汽车经销商德韦恩·胡佛从中西部他自己的假日旅馆屋顶上爬下来。

德韦恩在日出之前不久，进了旅馆铺了地毯的大堂，要了一间房。在这样的时间里，居然有个人在他前面订房间，而且还是个黑人，真是奇怪。此人就是塞浦里安·乌克温德，从尼日利亚来的医生，他要在旅馆里住到能找到一所合适的公寓为止。

德韦恩谦恭地等着轮到自己。他忘记了自己是旅馆合伙老板之一。至于住在黑人也下榻的地方，德韦恩倒是很想得开的。他一边对自己说"时代不同了，时代不同了"，一边感到一种又苦又甜的幸福。

夜班接待员是新来的，他不认识德韦恩。他让德韦恩填了登记表。德韦恩则表示歉意，因为他不知道自己的汽车牌照。他有一种犯罪感，尽管他知道他没有干什么错事。

接待员给他一把房门钥匙，他高兴莫名。他已通过了测试。他很喜欢他的房间。这么新，这么凉快，这么干净。它又是这么"中性"！这与全世界各地假日旅馆千千万万的房间相同。

对于自己的生活究竟是怎么一回事，接下来应该怎么对付，德韦恩可能糊涂。不过有一点他做得对：他把自己交给了一个无可挑剔的住人的容器。

它在等人。它等到了德韦恩。

在抽水马桶盖上有一条这样的纸封条，他在用马桶之前得把它撕掉：

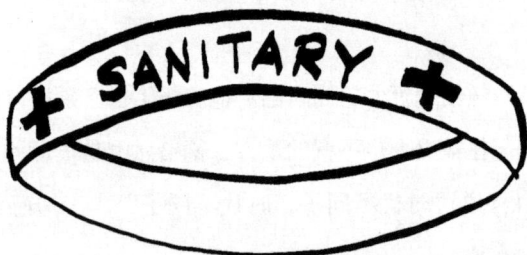

（卫生）

这纸封条向德韦恩保证，他不用怕螺丝钻一样的小动物会钻进他的屁眼，啃吃他的电线。这就减少了德韦恩的一个忧虑。

在房间里面的门把手上挂着一块牌子，德韦恩如今拿下来挂到房间外的门把手上。这块牌子是这样的：

（请勿打扰！）

德韦恩把拖到地板上的窗帘拉开了一会儿。他看到向州际公路上疲惫的旅行者宣布旅馆存在的标志。它看上去是这样的：

（假日旅馆 世界旅馆的老板）

他拉上窗帘，调整了空调，就像一只绵羊羔一样入睡了。

绵羊羔是一种年轻的动物，以在地球这颗星球上熟睡著称。

它的形状是这样的：

10

基尔戈·特劳特于退伍军人节第二天破晓之前被纽约市警察局像一件无足轻重的东西一样放了出来。他从东到西穿过曼哈顿岛，陪伴他的是舒洁手巾纸、报纸和污泥。

他搭乘了一辆运货车。货车上载着七万八千磅的西班牙橄榄。它在林肯隧道口让他上的车。林肯隧道的名字是纪念那个有胆有识，规定蓄奴制违反美国法律的人。这是个新发明。

奴隶们就这样被放了，没有任何财产。他们很容易辨认，他们是黑人。他们突然可以自由去探索了。

· · ·

司机是个白人。他告诉特劳特，他得躺在车厢的地板上，一直到乡下，让人搭车是违法的。

· · ·

他告诉特劳特可以坐起来时天还没有亮。他们正穿过新泽西州的被污染了的沼泽和草地。货车是通用汽车公司产的阿斯特罗九五型柴油拖拉机，挂的拖车有四十英尺长。拖车这么大，使特劳特感到他的脑袋只有BB气枪弹那么大。

司机说，他以前做过猎人和渔夫，那是很早以前的事了。一想到这些沼泽和草地在一百年前的样子，他就伤心透了："你一想到这些工厂造的狗屎 —— 洗衣粉、猫食、汽水……"

· · ·

他说得有理。这个星球已经被制造业给毁掉了，他们制造的大多都是垃圾。

这时特劳特也说了一句很有道理的话。"是啊，"他说，"我曾经是个环保主义者。我看到人们在直升机上用自动枪射杀秃鹰时曾经大声号哭，但是如今我放弃了。在克里夫兰有一条河，污染严重，一年要起火一次。这曾使我难过得要死，如今我觉得可笑。有艘油轮出了事，把装载的油泄漏到大洋里，杀死了上百万，甚至以亿计的飞禽和海鱼，我就说：'把更多的权力给标准石油公司，或者不管是哪家倒的石油公司。'"特劳特举起双臂庆贺，"向莫比尔油公司撅起你的屁股。"他说。

司机听到这话感到不安。"你是在开玩笑吧。"他说。

特劳特说:"我明白了,上帝压根儿不是环保主义者,因此,随便谁做环保主义者都是渎圣和浪费时间。你可曾见到过他的火山、龙卷风、潮汐?可曾有人告诉你他每隔五十万年安排一次冰纪?还有荷兰榆树病?这就是为你采取的环保好措施。那是上帝,不是人。我们刚清理了河水,他就会把整个银河系一下子化为乌有。你知道,这就是伯利恒之星。"

"什么是伯利恒之星?"司机问。

"整个银河系一下子化为乌有。"特劳特说。

· · ·

司机听得入神了。"说得也是,"他说,"我想《圣经》里并没有什么地方提到什么环保。"

"除非你把发洪水的故事也算在内。"特劳特说。

· · ·

他们开着车,沉默了一会儿。然后司机又说了一句在理的话。他说,他知道他的卡车正在把大气化为有毒气体,整个地球在铺成道路,他的卡车可以到任何地方去。"因此,我这是在自杀。"他说。

"别为这个担心。"特劳特说。

"我的弟弟更糟糕，"司机继续说，"他在一家工厂干活儿，那家工厂制造在越南杀死树木植物的化学品。"越南是个国家，美国正在那里从飞机上投炸弹。他说的化学品是用来除掉叶子的，这样在丛林里躲避飞机就困难了。

"别为这个担心。"特劳特说。

"从长远来说，他是在自杀，"司机说，"好像如今美国人能够找到的工作就只有自杀了。"

"说得有理。"特劳特说。

· · ·

"我真不知道你是不是认真的。"司机说。

"我自己也不知道，除非到我发现生命是不是认真的时候。"特劳特说，"这样做是很危险的，我知道，而且能伤很多人。但这并不一定是说，这样做是认真的。"

· · ·

当然，在特劳特出名以后，关于他的最大秘密之一就是他是不是在开玩笑。他对一个纠缠不放的提问者说，他在开玩笑时总是把手指交叉的。

"而且请注意，"他继续说，"在我告诉你这条宝贵的信息时，我是把手指交叉着的。"

如此等等。

他在许多方面都令人讨厌。没过一两小时，司机就已经厌烦他了。特劳特利用这段沉默时间编了一个反环保故事，他叫它《吉尔刚果》！

《吉尔刚果》讲的是一个由于太多创造而令人不快的星球。

故事始于一个盛大的招待会，庆祝一个人把可爱的小熊猫这一物种全部消灭掉了。他毕生致力于此。主办方为这次招待会特制了纪念牌，来客都得把它当作纪念品带回家。每块牌上都有一幅小熊猫图和招待会日期。图像下面是这个词：

吉尔刚果！

在那个星球的语言中，它的意思是"灭绝"！

· · ·

大家都很高兴，小熊猫被"吉尔刚果"了，因为这个星球上的物种已经太多了，而且几乎每一小时都有新物种问世。谁都不知道如何对付可能遇到的种类多得令人眼花缭乱的动物和植物。

大家都在努力减少物种的数目，这样生活就容易安排一些。但是对他们来说，大自然的创造力太强了。星球上的一切生命都被一条一百英尺厚的活毯子闷得透不过气来。这条毯子是由信鸽、老鹰、百慕大白尾海雕和美洲高鸣鹤组成的。

· · ·

"至少这是橄榄。"司机说。

"什么？"特劳特问。

"拉的可能是比橄榄更糟的东西。"

"说得对。"特劳特说。他忘了他们在做的事主要是把七万八千磅橄榄拉到俄克拉何马州的塔尔萨去。

· · ·

司机谈了一会儿政治。

特劳特分不清政客有什么不同，在他看来他们都是没有特别形状的热情黑猩猩。他有一次写过一篇小说，讲的是一只乐观的黑猩猩成了美国大总统。他把它题为"向元首致敬"。

黑猩猩穿深蓝色上衣，铜扣子，胸口袋上缝着美国大总统的玺章。样子是这样的：

他到一个地方，乐队就奏起《向元首致敬》。黑猩猩很爱听，他听了就跳上跳下。

. . .

他们在一家餐厅外停了车。餐厅门前有这样一块牌子：

（吃饭）

于是他们吃了饭。

特劳特看到一个傻子也在吃饭。那个傻子是成年白人男子——由一个白人女护士照看。傻子说不了多少话，他吃饭有困难。护士在他脖子上系了一条围脖。

不过他的胃口可真好。特劳特看着他把蛋奶烘饼和猪肉肠大口塞进嘴里，看着他咕噜咕噜地大口喝橘汁和牛奶。特劳特对那个傻子长得这么肥大感到吃惊。那个傻子的快活也是令人惊异的，他储存大量热量以供第二天消耗。

特劳特对自己说："储存起来准备第二天。"

．．．

"对不起，"卡车司机对特劳特说，"我得去撒一泡尿。"

"在我的家乡，"特劳特说，"这就是说你要去偷一面镜子。我们管镜子叫漏子。"

"我可从来没有听说过。"司机说。他又重复了一遍"漏子"。他指着售烟机上的镜子问："你叫这漏子？"

"你看它不像漏子？"特劳特问。

"不。"司机说，"你说你是从哪儿来的？"

"我生在百慕大。"特劳特说。

大约一星期后，司机会告诉他妻子，镜子在百慕大叫漏子，她接着会告诉她的朋友。

特劳特跟着司机回卡车上，他第一次从远处好好看一眼他们的交通工具，看了它的全貌。在车的一边有几个八英尺高的橘红大字。它们是：

（金字塔）

特劳特心里想，一个刚刚开始学认字的孩子对这话会有什么理解。那个孩子会以为这话极其重要，因为有人费了这么大的劲用这么大的字母写在上面。

接着，他假装是路边的一个孩子，看了卡车另一边上的字。这是：

（阿贾克斯）

11

德韦恩·胡佛在新建的假日旅馆一直睡到上午十点。他感到精神爽快多了。他在旅馆的餐厅里吃了一份五号早餐，那家受人欢迎的餐厅叫"塔莱荷餐室"。夜里拉起了窗帘，如今窗帘拉开了，阳光照射进来。

坐在隔壁一桌的是那个尼日利亚来的印达罗人塞浦里安·乌克温德，也是独自一个人。他在看米德兰市《号角-观察家报》的分类广告，他需要找个便宜的地方住下。在他找房期间，米德兰县总医院为他付旅馆账单，他们对此焦急起来。

他也需要一个女人，或者一帮女人和他一星期做几百次的爱，因为他总是充满情欲和精力。他渴望与他的印达罗族亲人待在一起，在老家，他有六百个叫得出名字的亲戚。

乌克温德点三号早餐和全麦烤面包时脸上没有表情。在他的面具下面是一个处于怀乡病和花痴病晚期的年轻人。

． ． ．

六英尺外的德韦恩·胡佛凝望着窗外阳光普照的繁忙的州际公路。他知道自己在哪里。在旅馆停车场和州际公路之间有一条他看熟了的水沟，这是水泥浇的水沟，工程师建造它是为了防止糖溪泛滥。再过去是一条看熟了的防护铁栏，防止汽车、卡车滚到糖溪中去。再过去是三条看熟了的西行车道，接着是看熟了的铺了草的中间分隔带。然后是三条看熟了的东行车道，又是一条看熟了的铁栏。再过去就是看熟了的威尔·费尔彻尔德纪念机场——接着是看熟了的远处农田。

． ． ．

那里当然是一马平川——平坦的城市，平坦的小镇，平坦的县，平坦的州。德韦恩小的时候，以为大家都住在没有树木的平坦的地方。他以为海洋、山脉、森林都是封闭在州立和国立公园中的。三年级的时候，小德韦恩写了一篇作文，主张在糖溪弯曲处设立一个国立公园，糖溪是米德兰市方圆八英里之内唯一值得一提的水面。

德韦恩如今念念有词地说着那个他熟见的水面的名字："糖溪"。

。。。

小德韦恩认为应该建公园的糖溪弯曲处，水深只有两英寸，水宽则有五十码。如今他们在那里盖起了密尔德丽德·巴里艺术中心。中心很漂亮。

德韦恩摸了摸衣领，感到有一枚徽章别在那里。他把它取了下来，记不起上面说的什么了。这是为了宣传那天晚上开幕的艺术节的。全镇的人都别着德韦恩那样的徽章。上面说的是：

（支持艺术）

．．．

　　糖溪有时涨水。德韦恩记得这个。在这样平坦的地方，发洪水是奇怪的事。糖溪悄悄地涨满了水，成了一面大镜子，孩子们可以安全地在里面玩。

　　这面镜子让公民们看到了他们所住的山谷的形状，他们是山间的人，住的山坡每隔一英里就上升一英寸，把他们与糖溪隔开。

　　德韦恩默默地又说了那条溪的名字："糖溪"。

．．．

　　德韦恩吃完早餐，他大胆地认为自己精神不再有病了，他改变了住处，睡了个好觉，病就好了。

　　他的不良化学成分让他走过大堂，接着走过还没有开门的酒吧，并没有感到什么特别。但他一走出酒吧的旁门，到了围绕着旅馆和他的庞蒂克汽车经销处的沥青地面时，就发现有人把沥青变成了一种像蹦床一样的东西。

　　它在德韦恩体重的压力下沉了下去。它把德韦恩沉到了低于街道平面很多的地方，然后又慢慢地把他送上来一些。他就在一个橡皮般的浅凹里。德韦恩向他的汽车经销处再走一步，他又陷了下去，接着又上来，站在一个新凹里。

他睁大眼睛四处寻找有没有人看见。只有一个人。塞浦里安·乌克温德站在浅凹的边上，没有陷下来。尽管德韦恩处境特别，乌克温德说的只是：

"天气不错。"

·　·　·

德韦恩一个浅凹、一个浅凹地向前走去。

他如今走过了旧车场。

他在一个浅凹中停步，抬头看着另一个年轻黑人。这个人在用破布擦一辆褐色的一九七〇年产的别克牌云雀型汽车。他的衣服不是干这种活儿的装束。他穿一身蓝色廉价套服，白衬衫、黑领带。还有，他不仅仅在擦汽车，还在抛光汽车。

那个年轻人又抛光了一阵子。然后他眯起眼睛向德韦恩微笑，继续抛光。

这么做的原因是：他那个年轻黑人刚从牧羊人镇成人感化院假释出来。他需要马上工作，否则就要饿肚子。因此他是在向德韦恩表明他干活儿多卖力。

他从九岁开始就在孤儿院、少年收容所，以及米德兰市一带各种各样的监牢里待过。如今他已二十六岁了。

． ． ．

他终于自由了！

． ． ．

德韦恩以为那个年轻人是他的幻觉。

． ． ．

那个年轻人继续去干他的给汽车抛光的活儿。他这一生不值得活。他没有很强的求生意志。他觉得这个星球太糟，他不应该投生到这里来。一定是出了什么差错。他没有亲友。他一直被关在笼子里。

他给另外一个好一些的世界起了一个名字，他常常在梦中见到它。它的名字是个秘密。要是他大声说出来，人家会取笑他的。这是个孩子气的名字。

这个年轻黑人假释犯随时可以看到这名字，那是用灯光写在他的脑中的。样子是这样的：

FAIRY LAND

（童话世界）

• • •

他的皮夹子里有一张德韦恩的照片。他以前在牧羊人镇牢房里的墙上贴满了德韦恩的照片。这很容易弄到，因为德韦恩的笑脸和笑脸下面的格言，是他在《号角-观察家报》刊登的广告的内容之一。这张照片每隔六个月换一次，而格言却二十五年不变。

格言如下：

不论问谁 —— 你都可以信任德韦恩

那个年轻的假释犯又向德韦恩微笑。他的牙齿修整得非常整齐。牧羊人镇监狱的牙医工作做得很好。监狱的伙食也很好。

"早安，先生。"那年轻人向德韦恩说。他天真无邪。他

有这么多的东西要学。例如，他对女人一无所知。弗朗辛·帕
夫科是他十一年来第一个与之说话的女人。

"早上好。"德韦恩说。他说得很轻，这样他的说话声不
会传得很远，他怕他是在同幻觉说话。

"先生 —— 我读了你在报上的广告，很有兴趣，我从你的
电台广告上也得到了乐趣。"假释犯说。在过去一年中，他在监
牢里一心只想有朝一日为德韦恩打工，从此幸福生活。这会像是
在童话世界一样。

德韦恩对此没有作答，于是那年轻人继续说："先生，你可
以看到，我干活儿很卖力。我听到不少说你好的话。我想好心的
上帝存心让我为你干活儿。"

"是吗？"德韦恩说。

"咱们的名字这么相似。"年轻人说，"那是好心的上帝
告诉咱们该干什么。"

德韦恩没有问他叫什么名字，不过那年轻人还是高兴地告诉
了他："先生，我的名字叫威恩·胡布勒。"

在米德兰市一带，胡布勒是个常见的黑人姓氏。

·　·　·

德韦恩·胡佛微微摇一摇头走开了，这伤了威恩·胡布勒
的心。

德韦恩进了陈列室。脚下的地面不再陷下去了，不过如今他看到了别的什么东西，很难解释：陈列室地板上长出了一棵棕榈树。原来德韦恩身上的不良化学成分使他完全忘记了夏威夷周的事。事实上，这棵棕榈树是德韦恩自己设计的。这是一截锯断的电线杆，用麻袋布包起来，顶上钉了一些真正的椰子。绿色塑料布剪成了叶子的形状。

这棵树使德韦恩感到糊涂，几乎晕了过去。接着他环顾四周，看到到处放着一些菠萝和四弦琴。

这时他看到了最不可信的事情：

他的销售经理哈里·勒沙勃嘲弄地向他走来，身上穿的是生菜一样绿色的紧身连衣裤，脚蹬凉鞋，腰围草裙，上身一件粉红色汗衫，样子是这样的：

（要做爱，不要作战）

．．．

　　哈里和他妻子整个周末都在讨论德韦恩是不是怀疑哈里有男扮女装癖。他们得出的结论是，德韦恩没有理由怀疑。哈里从来没有跟德韦恩谈论女装。他也从来不参加变装选美比赛，或者做些米德兰市许多异装癖者做的事，那就是参加辛辛那提的一家变装大俱乐部。他从来没有去过镇上男扮女装酒吧，那酒吧叫"老地下室酒馆"，设在费尔彻尔德旅馆地下室。他从来没有与任何其他男扮女装癖者交换快照，从来没有订阅男扮女装杂志。

　　哈里和他妻子认为德韦恩的话没有其他更多的意思，哈里不如在夏威夷周穿件奇装异服，要不德韦恩就会把他解雇。

　　因此，一个新的哈里如今出现在这里，满脸通红，又担心又兴奋。他感到无拘无束，美丽可爱，突然自由了。

　　他用夏威夷话向德韦恩打招呼，这话既有"你好"又有"再见"的意思。"阿罗哈。"他说。

12

基尔戈·特劳特还在很远的地方，不过他慢慢地缩短了他与德韦恩之间的距离。他仍坐在名叫"金字塔"的卡车上。卡车开过一座纪念诗人惠特曼的桥。桥笼罩在烟雾中。卡车如今快要成为费城的一部分了。桥脚下一块牌子写着：

（你正在进入兄弟友爱之城）

· · ·

特劳特年轻的时候看见什么兄弟友爱的招贴贴在炸弹坑边就

会觉得好笑。但是，如今他的脑袋里已经没有什么认为这个星球上的事情不应该像实际情况那样而可以如何如何、应该如何如何的想法了。他觉得地球只有一个生存方式，那就是保持现状。

一切都是必要的。他看见一个白人老妇在垃圾箱里找东西。那是必要的。他看见一个玩具浴缸，一只橡皮小鸭，躺在阴沟孔上面的铁箅边上，那也是必须在那里的。

如此等等。

· · ·

司机提到前一天是退伍军人节。

"唔。"特劳特说。

"你是退伍军人？"司机问。

"不是，"特劳特答，"你是？"

"不是。"司机答。

他们两个都不是退伍军人。

· · ·

司机谈到朋友问题。他说他很难保持有实际意义的友谊，因为他大部分时间是在路上。他笑话自己，有一阵子常常谈什么"最好的朋友"。他认为一旦你初中毕业以后就不会再谈什么

"最好的朋友"了。

他推测特劳特一定有机会在工作中建立不少持久的友谊，因为他从事铝合金防风暴门窗生意。他说："我的意思是，你天天召一批人来安装这些门窗，他们一定互相很了解。"

"我是单干。"特劳特说。

司机失望了："我以为这活儿得有两个人来干。"

"一个就够了，"特劳特说，"一个小孩子也能干这活儿，无需任何帮助。"

司机希望特劳特过的是丰富多彩的社交生活，这样他就可以从中得到间接的乐趣。"反正，"他坚持说，"你有下班以后去见的朋友。你可以喝几杯啤酒。你可以玩儿副牌。你可以笑几声。"

特劳特耸耸肩。

"你每天走同一条街，"司机对他说，"你认识不少人，他们也认识你，因为这是你每天经过的街。你对他们说'你好'，他们对你说'你好'。你叫他们名字，他们叫你名字。要是你真的有难，他们会帮助你，因为你是他们之中的一个。你有归属。他们每天见到你。"

特劳特不想对此进行争论。

· · ·

特劳特忘了那个司机的名字。

特劳特患有我以前也患过的精神缺陷。他记不得他一生中所遇到的不同的人的长相——除非他们的身体或者脸庞有显著的不同寻常之处。

例如，他住在科德角时，唯一能热情地呼名道姓打招呼的人是阿尔菲·皮尔斯，一个独臂白化病患者。"你够热吗，阿尔菲？"他会问。"你这一阵子在哪儿？"他会说。"看到你真高兴。"他会说。

如此等等。

. . .

如今特劳特住在科霍斯，他唯一叫得出名字的人是个红头发的侏儒，杜林·希思。希思在一家修鞋铺干活儿。他的修鞋凳上有一块经理用的名牌，以备万一有人叫他的名字。这名牌是这样的：

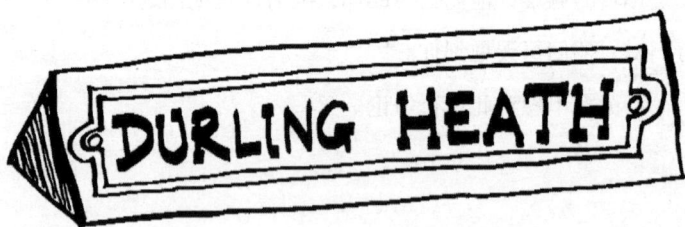

（杜林·希思）

104

特劳特隔一阵子就到修鞋铺去，说些这样的话："杜林，今年世界联赛谁会胜？"还有，"杜林，你知道昨夜警车呼叫是为了什么？"还有，"杜林，你今天看上去气色不错——你这衬衫是从哪儿买的？"如此等等。

特劳特如今心里嘀咕，他和希思的友谊是不是已经完结了。上一次特劳特到修鞋铺去同杜林谈这说那时，那个侏儒突然向他尖叫。

他用土腔土调的口音尖叫的是："别再来烦我了，好不好！"

· · ·

纽约州州长奈尔逊·洛克菲勒有一次在科霍斯一家杂货铺中同特劳特握手。特劳特不知道他是谁。对科幻小说作家而言，同这样一个人物挨得这么近，应该是会大吃一惊的。洛克菲勒不仅是个州长。由于这个星球那一部分的特殊法律，洛克菲勒可以拥有地球表面的大块地方，包括地下的石油和其他宝贵的矿物。他在这个星球上所拥有和控制的地方比许多国家还多。这是他从襁褓时期起就注定的命运。他是生来就有那么多的家产的。

"日子过得怎么样，哥们儿？"洛克菲勒州长问。

"凑合。"基尔戈·特劳特答。

* * *

司机在坚持特劳特一定有丰富多彩的社交生活以后，为了让自己感到好过一些，硬装出特劳特求他说一说横贯大陆的卡车司机的性生活是怎样的。特劳特根本没有求过他。

"你想知道卡车司机怎样搞女人的，是不是？"司机问，"你一定以为你见到的司机个个都是浪荡子，是不是？"

特劳特耸耸肩。

卡车司机对特劳特的反应很不满意，说他这么不了解情况。

"我来告诉你，基尔戈……"他迟疑了一会儿，"这是你的名字，是不是？"

"是的。"特劳特说。他早已把司机的名字给忘了上百次。特劳特每次掉头，都不但忘了他的名字叫什么，也忘了他的脸长什么样。

"基尔戈，该死的……"司机说，"如果我的车子，比如说，在科霍斯抛锚，如果我得在那里待上两天等它修好，你一定以为我 —— 一个像我这个样子的外地人 —— 会在那里找个女人睡觉？"

"这要看你有多大决心。"特劳特说。

司机叹了口气。"是啊，上帝……"他说，他为自己叹息，"这也许就是我这一辈子的毛病 —— 决心不够。"

他们谈着铝合金墙能使旧房子看起来像新房子一样的技术。从远处看，这些铝合金墙像新上漆的木板，但它从来不需油漆。

司机也想谈谈"永恒石"，这是另外一种抢铝合金墙生意的技术。它用彩色水泥涂在旧房子的外墙上，这样从远处看，就好像是石块砌的一般。

"要是你做铝合金防风暴门窗生意，"司机对特劳特说，"你一定也做铝合金墙生意。"在全国各地，这两种生意是并头进行的。

"我的公司出售铝合金墙，"特劳特说，"我见过好多。但我从来没有实际安装过。"

司机在认真考虑为他在小石镇的房子买铝合金墙，他要求特劳特对他的问题给一个诚实的答复："从你的所见所闻来看，安了铝合金外墙的人是不是对效果感到很满意？"

"在科霍斯，"特劳特说，"我想他们是我看到过的唯一真正满意的人。"

· · ·

"我知道你这话的意思，"司机说，"有一次，我看见一家人全都站在他们的房子外面，他们无法相信他们的房子在安了铝合金外墙后看上去有多好看。我问你的问题是，由于我们，你和我之间绝不会做成这笔生意，你可以给我老实的答复：基尔戈，这种满意可以持续多久？"

"大约十五年，"特劳特说，"我们的推销员说，你从油漆和取暖省下的钱足够重新装修一下。"

"永恒石看上去华丽得多，我想也持久得多，"司机说，"不过话说回来，它的花费也大得多。"

"你得到的是物有所值。"基尔戈·特劳特说。

· · ·

卡车司机告诉特劳特他在三十年前买的一台燃气热水器，这么多年来从来不出毛病。

"真是难以相信。"基尔戈·特劳特说。

· · ·

特劳特问到这辆卡车，司机说这是世界上最了不起的卡车。单是牵引车就花了两万八千元，用涡轮发动的三百二十四匹马力的康明斯柴油机可以在海拔高的地方运转良好。它用水压控制方向，空气制动，十三速换挡。车主是他的舅子。

他说，他的舅子有二十八辆卡车，是金字塔卡车运输公司总裁。

"为什么他的公司名叫金字塔？"特劳特问，"我的意思是——这辆卡车可以开到每小时一百英里。它迅速、有用，不加装饰。它像火箭一样现代化。我从来没有看到过比这卡车更不像金字塔的东西。"

. . .

金字塔是埃及在好几千年以前建造的一种大石墓。埃及人如今不再建造它们了。游客们都从远处来观光，这种坟墓形状是这样的：

"为什么从事高速运输业的人会用这种建筑来叫他的公司和卡车？要知道这种建筑从耶稣诞生以来没有挪动过八分之一英寸。"

司机的回答很快，而且有点儿不高兴，好像他觉得特劳特真笨，居然会问这样的问题。"他喜欢这名字的读音，"他说，"你不喜欢它的读音？"

特劳特为了维持友好情绪只好点头。"是的，"他说，"这读音很好听。"

. . .

特劳特往后一靠，坐在那里思量他们的谈话。他把它编成一篇小说，他后来没有能写出来，一直到他很老很老的时候。这是关于在某个星球上语言不断变成纯音乐的故事，因为那里的生物对声音十分着迷。单词成了音符，句子成了乐曲。作为情报讯息的载体，它们没有用处。因为没有人再知道或关心词句的意义了。

因此政府和商界领袖为了完成任务只好不断创造难听得多的新词汇和新句子结构，以不断防止它们变成音乐。

. . .

"你结婚了，基尔戈？"司机问。

"结了三次了。"特劳特说。这说的是实话。不仅如此，他的三个妻子个个耐心、可爱、美丽，个个因为他的悲观情绪而枯萎凋谢了。

"有孩子吗？"

"一个。"特劳特说。在过去的某一处，在与妻子们的周旋和来往的遥远故事里有一个名叫利奥的儿子。"他如今是个大人了。"特劳特说。

· · ·

利奥在十四岁那年离家出走，不再回来。他谎报年龄，参加了海军陆战队。他从训练营寄了一封信给他父亲，信是这样说的："我瞧不起你。你爬上了自己的屁眼，你已死了。"

这是特劳特最后一次收到利奥的消息，不论是直接的还是间接的，一直到有一天来了联邦调查局的两个特务。他们说，利奥在越南当了逃兵。他犯了叛国罪。

他们说，联邦调查局对利奥在星球上当时的处境评价如下：你的孩子闯了大祸了。

13

德韦恩·胡佛看见自己的销售经理哈里·勒沙勃身穿绿色紧身连衣裤，腰系草裙这样的装束，他不能相信。因此他装作没有看见，进了自己的办公室，里面也到处是四弦琴和菠萝。

他的秘书弗朗辛·帕夫科看上去样子正常，除了脖子上挂着一圈花环，耳后插了一枝花。她笑脸相迎。她是战争寡妇，嘴唇像沙发枕头，一头红发。她爱慕德韦恩，她也爱慕夏威夷周。

"阿罗哈。"她说。

· · ·

与此同时，哈里·勒沙勃却被德韦恩毁了。

当哈里那么滑稽可笑地出现在德韦恩面前时，他身上的每个分子都在等待德韦恩的反应。每个分子都暂时停止工作，与相邻的分子保持一定距离。每个分子都等着想知道它们的星系，即叫作哈里・勒沙勃的人是否会被分解掉。

当德韦恩对哈里装作看不见时，哈里心里想他暴露了自己是个令人恶心的有男扮女装癖的人，他会因此被解雇了。

哈里闭上眼睛，他不想再睁开了。他的心把这一信息传给分子："本星系已经分解，原因大家都很明白。"

. . .

德韦恩却一点儿也不知道。他靠在弗朗辛・帕夫科的桌子上。他走进来是为了告诉她，他的病多重。他警告她："出于某种原因，今天会很难过。因此不要讲笑话，不要吓人。一切保持简单平常。凡是有一点儿毛病的人都不让他进门，不要接电话。"

弗朗辛告诉他，双胞胎在他的办公室里等他。"我想洞穴那里出了事。"她告诉他。

德韦恩很感激她给他这个简单明白的信息。双胞胎利尔・胡佛和基尔・胡佛是他养父母的儿子，是他的弟弟。洞穴是神圣奇迹洞穴，这是牧羊人镇南面的一个旅游观光点，德韦恩和利尔、基尔兄弟合伙所有。这是利尔和基尔的唯一收入，他们住在洞穴口礼品店的两边一模一样的黄色牧场房子里。

全州公路上到处都有箭头指示牌钉在树上和篱桩上，箭头指向洞穴，说明离此还有多远，例如：

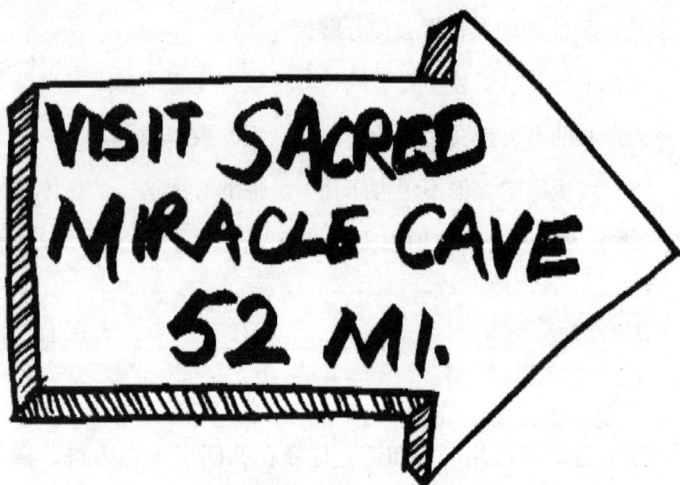

（游神圣奇迹洞穴离此52英里）

德韦恩走进办公室之前，看到弗朗辛贴在墙上的许多滑稽的标语。这些标语是为了吸引人们注意，提醒他们容易忘记的事情：他们不必总是那么严肃认真。

德韦恩看到的那个标语是：

你在这里工作不一定

非发疯不可，不过这肯定有好处！

还有一幅与之相配的疯子的图像：

　　弗朗辛胸口别了一枚徽章，上面画的人物心态比较健康，更加令人羡慕。徽章是这样的：

· · ·

　　利尔和基尔并排坐在德韦恩·胡佛办公室的黑皮沙发上。他们长得这么像，德韦恩到了一九五四年才分辨出来，那是在利尔为了一个女人在旱冰场与人打架以后。从此利尔的鼻梁给打断了。德韦恩如今记起来，他们在摇篮里时常常互相吮吸对方的大拇指。

．．．

德韦恩是这样有了兄弟的，事出偶然，因为收养他的夫妇自己不能生育孩子才收养他。他们收养了他以后，触发了他们身上的什么东西，结果居然能够生育了。这是个普通常见的现象。许多夫妇似乎都经历过这样的程序。

．．．

如今德韦恩看见他们很高兴。这两个小个子身穿工作服，脚蹬工作靴，都戴一顶肉饼帽。他们都是看熟了的，他们都是真实的。"好吧……"他说，"洞穴那里发生了什么？"

自从利尔鼻梁被打断以后，兄弟俩一致同意，由利尔代表两人说话。自从一九五四年以后，基尔没有说满一千句话。

"那些气泡快升到大教堂一半的地方了，"利尔说，"这样下去，一两周以内就可溢到莫比·迪克。"

德韦恩完全理解。在神圣奇迹洞穴的肠子里通过的地下溪流受到某种工业废水的污染，形成乒乓球一样坚硬的气泡。这些气泡向上涌，冒到一块漆成白色模拟大白鲸莫比·迪克的大石头上。气泡不久就要溢过莫比·迪克而流入洞穴中的主要景点——耳语大教堂。有许多人都是在耳语大教堂结的婚——包括德韦恩、利尔和基尔，还有哈里·勒沙勃。

· · ·

利尔告诉德韦恩他和基尔前一天晚上做的一次试验。他们携带两支相同的勃朗宁自动猎枪到洞穴里去，对迎面涌来的气泡开枪。

"这些气泡发出一阵你想不到的恶臭。"利尔说，"闻起来像湿气脚臭，这臭味把我和基尔熏了出来。我们打开通风机一个小时，然后再进去。莫比·迪克身上的油漆脱落。它没有了眼睛。"

莫比·迪克本来有一双睫毛很长的蓝眼睛，大得像餐盘。

· · ·

"管风琴成了黑色，洞顶成了肮兮兮的黄色，"利尔说，"一点儿也看不清神圣奇迹了。"

管风琴是大教堂一个角落里厚厚一层钟乳和石笋，背后放一个扩音器，演奏婚礼和葬礼的乐曲。它用不断变换颜色的电灯照明。

神圣奇迹是大教堂顶上的一个十字架，由两条裂缝交叉形成。"从来不能真正看清楚，"利尔说起它时就这么说，"我甚至不敢说它是不是还在那里。"他要求德韦恩同意他去订购一袋水泥。他要堵上溪流到大教堂的通道。

"把什么莫比·迪克、杰西·詹姆斯、黑奴等都忘掉吧，"利尔说，"先把大教堂救下来再说。"

杰西·詹姆斯是德韦恩养父在大萧条时期从一个医生的遗物中购来的一副骷髅骨。右手骨同一把发锈的点四五口径左轮枪搅在一起。他们告诉游客，它当初被发现时就是这样的，大概是一个因山石崩塌而陷身于洞穴的铁路抢劫犯的骨骼。

至于黑奴，那是距杰西·詹姆斯五十英尺下面的一些黑人水泥塑像，他们正在用锤子和钢锯打开身上的锁链。据说黑奴们曾经在渡过俄亥俄河逃奔自由后使用过这个洞穴。

. . .

关于黑奴的故事同杰西·詹姆斯的故事一样是捏造的。洞穴是一九三七年才被发现的，当时一次轻微地震把地面震开了一道裂缝。德韦恩·胡佛发现了以后就同他的养父一起用铁锹和炸药等把洞穴开凿出来。在此以前，里面甚至什么小动物都没有进去过。

洞穴与蓄奴制的唯一关系就是：洞穴所在的那个农场原来是前黑奴约瑟夫斯·胡布勒开垦的。他被主人释放以后就到北方来开垦这一农场。然后又回去把他母亲和后来嫁给他的一个女人带来。

他们的后人一直经营这个农场直到大萧条，当时米德兰县商业银行取消了抵押贷款。接着德韦恩的养父被购置了那农场的白人开车撞伤。在庭外和解时，德韦恩的养父获得了那个他蔑视地称作"倒霉的黑人农场"的赔偿。

德韦恩记得一家人头一次去看那农场。他父亲撕掉了黑人信箱上的黑人牌子，把它丢进沟里。牌子上写的是：

（蓝鸟农场[1]）

---

1 图片为作者手绘，部分单词有误。——编者注

14

    载着基尔戈·特劳特的卡车如今开进了西弗吉尼亚州。该州的表层已被人、机械、炸药破坏，目的是采煤。煤如今已快采光了，它变成了热力。

    西弗吉尼亚州的表层在煤、树木、表土消失殆尽以后，按照地心吸力法则重新安排剩下的东西。它陷到了许多挖出来的洞里。原来能靠自己的力量耸立在那里的山岭如今滑到了谷中。

    西弗吉尼亚州的破坏分解是在州政府的行政、立法、司法部门的批准下进行的，州政府的这些部门的权力来自人民。

    零零星星还有一座有人居住的房屋存在。

· · ·

    特劳特看见前面有一段断了的栏杆。他向下面的山谷望去，看见一辆一九六八年产凯迪拉克牌埃尔杜拉多型汽车翻落在小溪里。它的汽车牌照是亚拉巴马州的。小溪里还有几件旧家用电器——电炉、洗衣机、两台电冰箱。

一个栗色头发、长着小天使般脸庞的白人小孩站在溪旁。她向上面的特劳特挥手。她的胸口抱着一瓶十八盎司容量的百事可乐。

· · ·

特劳特自言自语地问自己，别人是怎样娱乐的。司机告诉他一个奇怪的故事，那是他在西弗吉尼亚州度过的一晚中发生的，他当时坐在卡车的驾驶室里，卡车停在一幢单调地嗡嗡响的没有窗户的建筑物前。

"我看到有人进去，有人出来，"他说，"但是我想不出是什么机器发出这隆隆声。这所建筑物是水泥地上搭建的便宜木架旧房子，前不着村后不着店。汽车来来去去，大家显然是很喜欢那发出隆隆响声的玩意儿的。"

于是他进去看了个究竟。"里面尽是玩旱冰的人，"他说，"他们转啊转的。没有人露出笑容。他们只是转啊转的。"

· · ·

他告诉特劳特，他听说那一带的人在教堂做礼拜时抓着活的铜头蛇和响尾蛇，表明他们相信耶稣会保护他们。

"世界上各种各样的人都有。"特劳特说。

. . .

特劳特感到很惊奇，白人到西弗吉尼亚不久就马上毁了它——只是为了取暖。

如今煤已采尽，于是他们就向太空去了。有了煤，水就能煮沸，于是产生出蒸汽，推动钢铁厂的涡轮转动起来。涡轮推动发电机中的转子转动起来。于是美国就有了电。煤还推动了老式的汽船和蒸汽机火车。

. . .

火车、汽船、工厂都有蒸汽吹出声来的汽笛，德韦恩、基尔戈·特劳特和我小的时候，还有我们的父亲小的时候、我们的祖父小的时候都是这样。汽笛的样子是这样的：

煤烧的沸水产生蒸汽，在压力下通过汽笛，发出刺耳又悦耳的叫声，好像恐龙交配或临死时喉咙发出来的一样："呜——呜——呜——""嘟——嘟——嘟——"如此等等。

. . .

恐龙是一种像火车一样大的爬行动物，形状是这样的：

它有两个脑子，一个在前端，一个在后端。它已灭绝。两个脑子加起来还没有一粒豆大。豆是一种豆科植物，形状是这样的：

煤是腐烂的树木、花卉、灌木、野草，还有恐龙的粪便等高度压缩后的混合物。

· · ·

基尔戈·特劳特想着他以前听到的汽笛叫声，想着西弗吉尼亚的毁坏——汽笛是靠此发出歌声来的。他想，这些令人心酸的叫声已经同热气一样飞到太空中去了。他可错了。

像大多数科幻小说作家一样，特劳特对科学几乎一无所知，技术细节令他生厌。汽笛叫声没有离开地球很远，因为声音只能在空气中传播，而地球上的空气同地球的比例甚至还没有苹果的果皮厚。超过这厚度就是一片真空。

苹果是一种人们爱吃的水果，形状如下：

. . .

司机的胃口真好。他开进一家麦当劳汉堡包快餐店。美国有许多不同的汉堡包连锁店。麦当劳是其中之一，汉堡包大厨是另外一家。上面已经说过，德韦恩·胡佛拥有几家汉堡包大厨快餐店的股权。

. . . .

汉堡包是用一种形状如下的动物做的：

把这种动物屠宰以后剁成肉末，做成饼状，放在油中煎，然后夹在两片面包中。制成后的形状是这样的：

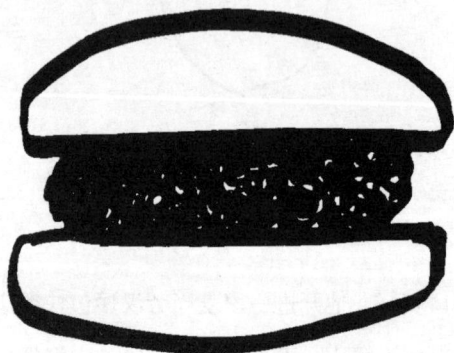

．．．

特劳特剩下的钱不多，只要了一杯咖啡。他问坐在旁边凳子上的一个很老很老的男子有没有在煤矿上工作过。

老头说："我打从十岁起一直干到六十二岁。"

"你很高兴离开矿了吧。"特劳特说。

"哦，上帝，"那人说，"你永远离不开它，甚至在你睡觉的时候。我做梦也梦到煤矿。"

特劳特问他，为一种毁坏乡野的工业做工感觉如何，那老头说，他常常累得管不上这个。

"我有一次因为超速而在那里被逮住过。他们设了一个速度陷阱，你得突然从每小时五十英里减速到十五英里。这令我非常恼火。我顶了警察几句，他就把我关了起来。"

"那里的主要工业就是把旧报纸、杂志、书籍打成纸浆造纸，"司机说，"卡车和火车每天把成百吨的废纸运进去。"

"唔。"特劳特说。

"卸货的活儿干得很糟糕，全镇到处废纸飞扬，书刊乱丢。要是你想藏书，你可以随便到个卸货的院子，把你要的书全部搬走。"

"唔。"特劳特说。前方有个白人男子拦顺风车搭乘，带着大肚子的妻子和九个孩子。

"长得像加里·库珀，是不是？"司机说那个想要搭顺风车的人。

"是的，他很像。"特劳特说。加里·库珀是个电影明星。

* * *

"反正，"司机说，"他们在利伯蒂维尔有这么多的书，他们在监牢里用书当擦屁股的手纸。他们是星期五逮我的，下午很晚的时候，因此我要等到星期一才上法庭。为此我坐了两天牢，没有事做，只好读手纸。我如今仍记得我读过的一个故事。"

"唔。"特劳特说。

"这是我读的最后一篇小说，"司机说，"我的天——那该有十五年了。小说讲的是另外一个星球的故事。这故事完全是疯话连篇。他们到处开设挂满画的博物馆，政府用类似轮盘赌的轮盘决定在博物馆里挂什么画，把什么画扔掉。"

基尔戈·特劳特突然有一种似曾相识的晕眩感觉。司机的话使他想起了他已多年没有想起的一本书的内容。那个司机在佐治亚州利伯蒂维尔用的擦屁股手纸是基尔戈·特劳特著的《巴格尼阿托的巴林加夫纳》，又名《今年的杰作》。

· · ·

特劳特书中故事发生的星球名叫"巴格尼阿托"，那里的"巴林加夫纳"是政府官员，他一年转一次幸运的轮盘。向政府上缴的艺术作品每个标个号码，然后按轮盘转出的结果定价。

这个故事的视角不是出于巴林加夫纳，而是一个叫古兹的低贱的鞋匠。古兹一人独居，给他养的猫画了像。这是他画过的唯一的画。他拿去给巴林加夫纳，巴林加夫纳标了号码，把它放在堆满艺术品的仓库里。

古兹的画在轮盘上交了意想不到的大运。它价值一万八千兰波，等于地球上的一百万美元。巴林加夫纳给古兹一张这个数额的支票，但收税官马上取走了大部分。这张画挂在国家展览馆名作陈列处，人们排了长队来看这幅价值一百万美元的画。

凡是转盘说没有价值的画、塑像、书籍等就都付之一炬。后来发现有人在转盘上做了手脚，巴林加夫纳因此自杀。

. . .

卡车司机居然读了基尔戈·特劳特写的一本书，这是令人意想不到的巧合。特劳特以前从来没有遇到过一个读者，如今他的反应很有意思：他没有承认自己是这本书的作者。

. . .

司机指出，这一带所有的信箱都漆有同一个姓。

"这里又是一个。"他说，指着一只形状如下面这样的信箱：

（J.A.胡布勒）

这时卡车正经过德韦恩·胡佛的养父母的家乡。他的养父母是在第一次世界大战期间从西弗吉尼亚到米德兰市来的，为了在基德斯勒汽车公司挣大钱，该公司制造飞机和卡车。他们到了米德兰市以后，就把"胡布勒"这个姓正式改为"胡佛"，因为米德兰市有这么多的黑人姓胡布勒。

正如德韦恩·胡佛的养父有一次向他解释的："这很难为情。这里大家都以为'胡布勒'是个黑人的姓。"

15

德韦恩·胡佛那天平安无事地吃完了午饭。如今他记起了夏威夷周。四弦琴等不再神秘了。他的汽车经销处和新假日旅馆之间的沥青路面也不再是蹦蹦床了。

他驾驶一辆装有空调的样车独自去吃午饭，那是庞蒂克牌勒芒型，奶油色的内壁，收音机开着。他听了几条他自己的广播广告，一句话切中要害："你都可以信任德韦恩。"

自从早餐以来，他的精神健康已大有改善，但是又出现了一种新症候。这是早期言语模仿症。德韦恩发现自己老是重复刚刚说过的话，不管是什么话。

因此，收音机上说"你都可以信任德韦恩"，他就重复最后几个字"德韦恩"。

电台说，有一场龙卷风发生在得克萨斯，德韦恩就大声说："得克萨斯。"

接着他听到印巴战争期间遭到强奸的妇女们的丈夫都不要他

们的老婆了。电台说，在他们的眼里，这些妇女"不再干净了"。

"不再干净了。"德韦恩说。

* * *

至于那个唯一梦想是为德韦恩·胡佛干活的黑人假释犯威恩·胡布勒，他学会了同德韦恩的职工玩捉迷藏。他不想因为泡在旧车旁被他们撵出去。因此，一有职工过来，威恩就溜到假日旅馆后面的垃圾堆那边去，一本正经地翻找吃剩的俱乐部三明治，或者沙龙牌香烟空匣，或者后院那边的垃圾箱中其他的东西，仿佛他是卫生检查员或者什么的。

职工一走，威恩就会荡回到旧车那里，睁开他的大眼睛，等待真正的德韦恩·胡佛。

当然，真正的德韦恩·胡佛事实上已否认自己是德韦恩。因此，当真正的德韦恩·胡佛午餐时出来，威恩没有人可以说话，只能自言自语："那不是胡佛先生。不过，看上去可真像胡佛先生。也许胡佛先生今天病了。"如此等等。

* * *

德韦恩在他最新收购的汉堡包大厨要了一份汉堡包、法式炸薯条和一瓶可乐。这家汉堡包大厨开在克莱斯特维尤大街上，对面就是正在兴建的约翰·F.肯尼迪中学。肯尼迪从来没到过米德兰市，不过他是被枪杀的一位美国总统。这个国家的总统常常被枪杀。刺客同样都是被那些折磨德韦恩的不良化学成分弄糊涂的。

· · ·

德韦恩当然不是独自一个人在那里，至少还有他身上的不良化学成分。有史以来他有许多这样的同伴。比如在他这一生中，就有一个名叫德意志的国家，那里的人民有一阵子都有很多这种不良化学成分，以致造起工厂来，唯一目的就是几百万几百万地杀人。这些人是用火车运来的。

在德国人身上充满不良化学成分的那一阵子，他们的国旗形状是这样的：

他们病好以后的国旗形状是这样的：

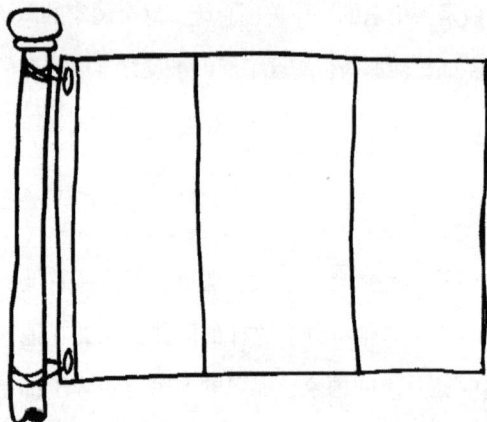

他们病好以后，生产了一种廉价耐用的汽车，风行全世界，特别是在年轻人中间。它的形状是这样的：

大家叫它"甲壳虫"。真的甲壳虫形状是这样的：

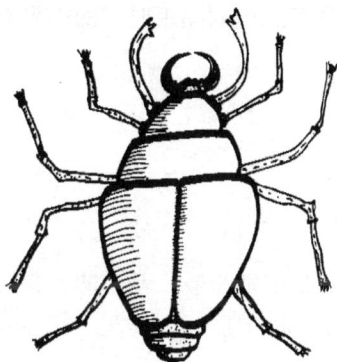

机器甲壳虫是德国人造的。真的甲壳虫是宇宙创世主造的。

. . .

德韦恩·胡佛在汉堡包大厨雇的女招待是个十七岁白人姑娘，名叫帕蒂·基恩。她的头发是黄色的，眼睛是蓝色的。作为哺乳动物，她已经很老很老了。大多数哺乳动物到十七岁就已年老或者死了。但是帕蒂这种哺乳动物成长很慢，她的身体如今才发育成熟。

她刚刚成人，出来打工是为了给她父亲付巨额的医疗费用，那是她父亲在患结肠癌和后来其他各种各样的癌症死去前积欠起来的。

在这个国家里，人人都得自己偿付一切账单。你要花最多的钱，办法之一就是得病。帕蒂·基恩的父亲患的病，花费的钱比德韦恩·胡佛在夏威夷周结束时付的去夏威夷一游的全部费用高出十倍。

. . .

德韦恩·胡佛很欣赏帕蒂·基恩的青春气息，尽管那样年轻的女人对他没有性吸引力。她像一辆崭新的汽车，连车上的收音机都还没有打开。德韦恩想起他父亲醉时有时会唱的一支歌。歌词如下：

> 玫瑰红了，
>
> 可以摘了。
>
> 你十六岁了，
>
> 可以上中学了。

帕蒂·基恩有意装傻，米德兰市大部分女人都是如此。女人都有很大的大脑，因为她们是大哺乳动物，但是她们不用脑子，原因如下：非同一般的想法常常容易树敌，而女人如果要求得到某种舒适和安全的话，朋友就必须越多越好。

因此，为了求得生存，她们把自己锻炼成同意机器而不是思想机器。她们的脑筋要做的就是发现别人在想什么，然后自己也想什么。

帕蒂·基恩知道德韦恩是谁，而德韦恩不知帕蒂是谁。帕蒂伺候他时，心跳得快了——因为德韦恩用他的金钱和权力可以解决她这么多的问题。他可以给她一所好房子、新汽车、漂亮衣服、逍遥自在的生活，而且他可以付所有的医疗账单——就像她端给他汉堡包、法式炸薯条、可乐一样轻而易举。

德韦恩如果愿意的话，可以为她做童话中的教母为灰姑娘做的事，帕蒂以前从来没有这么接近过这样一个神奇人物。她仿佛站在超自然的人前面。她对米德兰市和自己有足够的了解，知道以后可能不会再有机会这么接近他了。

帕蒂·基恩想象德韦恩对她的苦恼和梦想挥魔术棒。魔术棒形状如下：

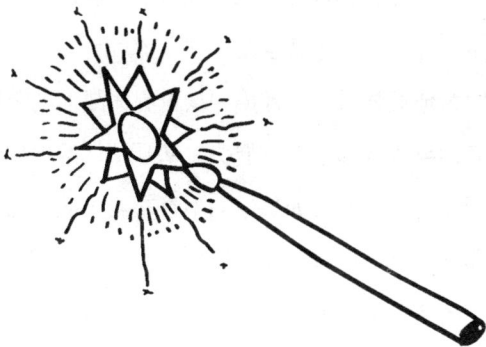

她鼓起勇气来找德韦恩说话，想要弄清楚她是否能得到超自

然的人的帮助，即使没有这帮助她也愿意毕生努力工作，不计太多报酬，同其他无钱无势而且欠债累累的男男女女一起。她对德韦恩说了这些：

"请原谅我直呼你的名字，胡佛先生，但是我知道你是谁，因为你的广告等都刊登了你的照片。而且在这里打工的人都告诉我你是谁。你一进来，他们就说开了。"

"说开了。"德韦恩说。他又犯了言语重复症。

• • •

"我想这话也许不对。"她说。她已习惯于为自己说话用词不当而道歉。她在学校里念书的时候就受到鼓励要这么做。米德兰市大多数白人说话时总没有太大把握，因此句子尽量短，用词尽量简单，这样就能把错误减少到最低限度而不至于出丑。德韦恩肯定是这样做的。帕蒂也是一样。

这是因为他们如果不能像第一次世界大战前的英国贵族那样说话，他们的英语老师就会皱眉头，塞耳朵，给他们低分。而且他们的老师还告诉他们，如果他们不喜欢或不懂得那些很久很久以前很远很远地方的人们写的难懂的诗、小说、剧本，如《英雄艾文荷》的话，他们就不配说、写他们的语言。

· · ·

　　黑人是不会忍受这个的。他们仍用他们自己的方式说英语。他们拒绝阅读他们读不懂的书——理由就是他们读不懂。他们会提出这样无礼的问题："我干吗要读《双城记》? 干吗? "

　　· · ·

　　帕蒂·基恩在读《英雄艾文荷》那一学期英语不及格，那是一部关于身穿盔甲的男子和爱慕他们的女子的故事。她被放到补习班上课，他们让她读《大地》，那是关于中国人的。

　　就是在那学期，她失去了童贞。在地区性中学篮球决赛后，她在县体育场巴尼斯特纪念体育馆外的停车场上被一个名叫唐·布里德勒夫的白人煤气灶安装工强奸。她没有向警察报案，也没有向任何人说起，因为她父亲当时已经快要死了。

　　麻烦已经够多的了。

　　· · ·

　　巴尼斯特纪念体育馆是纪念一个名叫乔治·希克曼·巴尼斯特的十七岁男孩的，他在一九二四年打中学橄榄球时死了。乔治·希克曼·巴尼斯特在髑髅地公墓的墓碑最大，那是一块高六十二英尺的石碑，上面有一只大理石做的橄榄球。

大理石橄榄球形状如下：

橄榄球是一种战争游戏。双方球员身穿皮、布、塑料做的盔甲争夺球。

乔治·希克曼·巴尼斯特是在感恩节那天想要把球抢到手而死的。感恩节是这个国家里人人都向宇宙创世主表示感谢的节日，感谢的东西主要是食物。

．．．

乔治·希克曼·巴尼斯特的墓碑是在大家捐助下才竖立的，每筹到两元钱，商会就相应捐一元。多年来这是米德兰市的最高建筑。当时市里通过一条法令，凡有建筑超过此高度即属非法，此法全名叫"乔治·希克曼·巴尼斯特法"。

后来此令作废，以便建筑电台广播塔。

　　　　　· · ·

　　在糖溪修建巴里艺术中心之前，米德兰市两个最大的建筑都
是为了纪念乔治·希克曼·巴尼斯特的。但到了德韦恩·胡佛
遇到基尔戈·特劳特时，就没有人再想念他了。事实上，即使
在他死的时候，他也没有什么东西值得想念，除了他很年轻。

　　而且他在市里也没有什么亲人了。电话簿上甚至没有姓巴尼
斯特的，除了"巴尼斯特电影院"。事实上，在新版电话簿上
甚至连"巴尼斯特电影院"也没有了。它已被改建为一家廉价
家具店。

　　乔治·希克曼·巴尼斯特的父母和姐姐露西不是在墓碑落
成之前就是在体育馆落成之前迁离了这个城市，因此找不到他们
来参加揭幕典礼。

　　这是一个非常焦躁不安的国家，人们一直在到处奔跑。常常
发生这样的事，有人从奔跑中停下来，竖立起一块纪念碑。

　　全国到处都是纪念碑。不过普通老百姓，像乔治·希克
曼·巴尼斯特，有不止一块而是两块纪念碑，当然很不寻常。

　　不过，严格来说，只有墓碑是专门为他竖立的。体育馆反正
要建。修建体育馆的钱在乔治·希克曼·巴尼斯特英年早逝前
两年就已经拨下来了，以他命名并没有额外花钱。

· · ·

乔治·希克曼·巴尼斯特安息的地方髑髅地公墓是以好几千英里以外的耶路撒冷一座小山命名的。许多人相信，创世主的儿子是千余年以前在那座小山上被杀死的。

德韦恩·胡佛不知道该不该相信这个，帕蒂·基恩也不知道。

· · ·

不过他们如今肯定不再为此操心了，他们都有别的事情要操心。德韦恩在嘀咕他的言语重复症发病期有多久，帕蒂·基恩则要弄明白她的清新靓丽和开朗性格对一个像德韦恩那样和蔼、性感的中年庞蒂克汽车经销商是否有价值。

"反正——"她说，"你光顾小店，是我们的荣幸，这话并不能完全表达我的意思，但是我希望你明白我的意思。"

"意思。"德韦恩说。

"食物不错吧？"她问。

"不错。"德韦恩答。

"这是大家都吃的。"她说，"我们并没有特别弄东西给你。"

"你。"德韦恩说。

德韦恩说些什么并不重要，好多年来就是这样了。米德兰市大多数人口中大声说的话都没有多重要，除了在谈钱，谈建筑，谈旅行，谈机器——或者任何其他可以测量的东西的时候。人人都有特定角色要扮演——黑人、中学女辍学生、庞蒂克汽车经销商、妇科医生、煤气灶安装工。即使你的表现辜负期望，不管是由于不良化学成分还是其他任何原因，大家会继续以为你还是符合期望的。

这就是米德兰市的人很难发现同事精神错乱的主要原因。他们仍旧想象没有人在日常生活中有什么变化。他们的想象是现实这台可怕、破败的机器上的飞轮。

当德韦恩离开帕蒂·基恩和他的汉堡包大厨，坐进他的样车开走的时候，帕蒂·基恩相信她能用她的青春肉体、她的大胆和开朗，使他得到快乐。她很想为他脸上的皱纹哭泣，他的妻子吃德拉诺；他的狗没有尾巴可摇，只得老是和别的狗打架；他的儿子是个同性恋者。德韦恩的这一切，她都知道。人人都知道德韦恩的这一切。

她凝视着WMCY电台广播塔，那归德韦恩·胡佛所有。这是米德兰市的最高建筑。它比乔治·希克曼·巴尼斯特的墓碑高出八倍。顶上有一盏红灯——防止飞机飞近。

她想着德韦恩拥有的所有新旧汽车。

· · ·

地球科学家刚刚偶然发现了关于帕蒂·基恩所在的大陆的一些十分令人感兴趣的事。原来该大陆是浮在一块大约四十英里厚的板块上，这一板块正围着熔岩漂浮。所有其他大陆都有自己的板块，互相撞击时就出现了山脉。

例如，西弗吉尼亚州的山脉是一大块北非板块撞到北美板块而形成的。该州的煤就是两大板块撞击时埋葬的森林形成的。

帕蒂·基恩这时还没有听说这个消息。德韦恩也没有。基尔戈·特劳特也没有。我也是在前天才发现的。我当时在看一本杂志，同时开着电视机。电视上有一批科学家，他们宣称板块漂浮、撞击、摩擦的理论不仅仅是一种假设。他们现在能证明这是正确的，例如，日本和旧金山就处于极其危险的境地，因为那里正是撞击和摩擦最激烈的地方。

他们还说，冰纪将继续来临。从地质学上来说，厚厚的冰川将继续像百叶窗一样时升时降。

．．．

　　这时德韦恩从汉堡包大厨去了新盖的中学建筑工地。他并不急于回汽车经销处，特别是因为犯了言语重复症。弗朗辛完全有能力独立管理好，不需要德韦恩出什么主意。他已把她培养成才了。

　　他把一小块土踢到地下室洞里。他向里面吐了一口唾沫。他踩进泥地里，他的右鞋陷了进去。他用手把鞋拔出来，拭干净了，然后靠在一棵老苹果树上把鞋穿好。这一带在德韦恩小的时候是一片农田。这里曾有一片苹果园。

．．．

　　德韦恩把帕蒂·基恩完全给忘了，但她当然不会忘记他。那天晚上她会鼓足勇气打电话给他，但德韦恩不会在家里接电话。届时他将在县立医院防止病人自伤的软壁病房里。

　　德韦恩这时漫步过去欣赏一台庞大的推土机，它已经清理了场地，挖了地下室的坑。机器如今关闭着，满是泥土。德韦恩问一个白人工人这台机器需多少匹马力才能开动。所有工人都是白人。

　　那个工人说："我不知道多少匹马力，但我知道我们叫它什么。"

"你们叫它什么？"德韦恩说，他发现言语重复症已消失，放心不少。

"我们叫它'百名黑人机'。"那工人说。这是指从前米德兰市的所有挖地重活儿都是由黑人干的时代。

· · ·

德韦恩在下午大约两点的时候回去工作。他躲开了所有的人——那是因为言语重复症。他进了自己的办公室，翻遍了桌子抽屉，想找些东西来看。他翻到了两个月前寄来的广告，他还没有丢掉。上面有基尔戈·特劳特在纽约看的影片的广告。那是从影片中翻印的图片，这触动了德韦恩脑袋里的性欲冲动枢纽。

于是德韦恩打电话给弗朗辛·帕夫科，尽管她离他只有十一英尺远。"弗朗辛——？"他问。

"嗯？"她说。

德韦恩抑制住言语重复症："我要你干一件我以前从来没有要你干过的事。答应我你会说好的。"

"我答应。"她说。

"我要你马上同我一起离开这里，"他说，"同我一起到牧羊人镇高级汽车旅馆去。"

　　· · ·

　　弗朗辛·帕夫科愿意同德韦恩一起到高级汽车旅馆去。她觉得这是她的责任，特别是因为德韦恩情绪这么低落和烦恼。但是她不能就此离开办公桌，下午不再上班，因为她的办公桌是庞蒂克村德韦恩·胡佛十一号出口的神经中枢。

　　"你应该找个疯疯癫癫的年轻小姑娘，可以在你需要她的时候跑去见你。"弗朗辛告诉德韦恩。

　　"我不要疯疯癫癫的小姑娘，"德韦恩说，"我要你。"

　　"那你可得耐心点儿。"弗朗辛说。她回到服务部，求那里的白人出纳员格罗里亚·勃朗宁照看她的办公桌一会儿。

　　格罗里亚不愿替她值班。她一个月以前刚刚做了子宫切除术，年纪轻轻，只有二十五岁——那是在拓荒村州立公园对门第五十三号公路上格林县拉马丹旅馆做堕胎手术弄糟了以后。

　　这里有个稍微令人惊异的巧合：死去胎儿的父亲是唐·布里德勒夫，那个在巴尼斯特纪念体育馆停车场上强奸帕蒂·基恩的白人煤气灶安装工。

　　这个人家里有妻子和三个孩子。

　　· · ·

　　弗朗辛在办公桌后面的墙上挂了一块牌子，这是前一年在汽车经销处新假日旅馆开圣诞节晚会时开玩笑给她的礼物。

它说出了她的所处的真实情况。它是这样的：

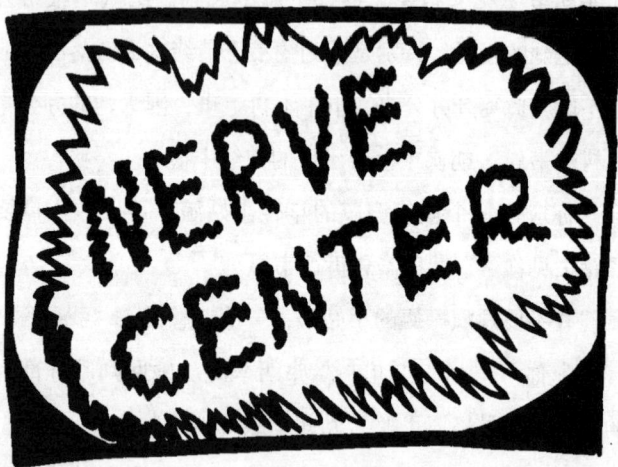

（神经中枢）

格罗里亚说她不想管神经中枢。"我什么都不想管。"她说。

· · ·

但是格罗里亚还是接管了弗朗辛的办公桌。"我神经没有坚强到可以自杀，"她说，"因此最好还是人家叫我干什么我就干什么——为人类服务。"

德韦恩和弗朗辛分别驾车去牧羊人镇，避免引起人家对他们偷情的注意。德韦恩坐在一辆样车里，弗朗辛在她自己的GTO（车的型号）里。"GTO"是西班牙语"Gran Turismo Omologato"的缩写。她在汽车保险杠上贴的标语这么说：

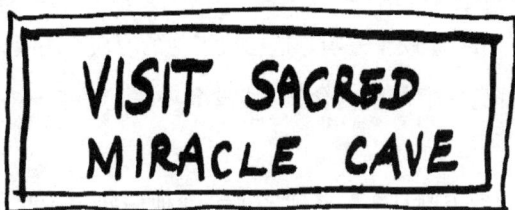

VISIT SACRED
MIRACLE CAVE

（请游神圣奇迹洞穴）

她在自己的汽车上贴这标语当然是她忠于老板的表现。她总在做这种表现忠诚的事，总为她的男人鼓气，总为德韦恩鼓气。

而德韦恩则在一些细小的地方作回报。

. . .

德韦恩和弗朗辛在高级汽车旅馆见了面。事后他们在床上躺了一会儿。这是一张水床。弗朗辛体态很美，德韦恩也是如此。

"咱们以前从来没有在下午来过这儿。"弗朗辛说。

"我感到很紧张。"德韦恩说。

"我知道，"弗朗辛说，"现在好一些了吗？"

"好一些了。"他仰卧在床上，双踝交叉，双手叉在脑后。

"我真爱你。"弗朗辛说。她又纠正了自己："我知道我答应过不这么说，这是我一直禁不住要违背的诺言。"原来德韦恩和她说好两人都不许说什么爱不爱的。因为德韦恩的妻子吞服了德拉诺，德韦恩就不想再听到什么爱不爱的了。这个话题太痛苦了。

德韦恩用鼻子嗅了一嗅。这已成了他的习惯，用嗅鼻子来沟通。鼻嗅都有它们的明白含义："没事……忘了它……谁能怪你？"等。

"到最后审判日，"弗朗辛说，"他们问我在世上干过什么坏事时，我会告诉他们：'我对我爱的人作过承诺，却一直没有遵守。我答应他永远不对他说我爱他。'"

这个心地宽厚、体态丰腴的女人每周拿回家的工资只有九十六元十一分，她在越南战争中失去了丈夫罗伯特·帕夫科。他原来是陆军职业军官，西点军校毕业生。该军校的工作是把年轻人训练为杀人狂，供战争中使用。

· · ·

弗朗辛随罗伯特从西点到布拉格炮台伞兵学校，然后到南朝鲜，罗伯特在那里管军中商店，那是供军人用的百货店，然后又到宾夕法尼亚大学，罗伯特在那里由陆军出钱取得了人类学硕士学位，然后回到西点，当了三年的社会科学助理教授。

在这以后，弗朗辛又随罗伯特到米德兰市，罗伯特在那里监督制造一种新式的饵雷。饵雷是一种很容易掩藏的爆炸装置，稍有不慎踩上就会爆炸。这种新式饵雷的优点之一是狗嗅不出来。当时有许多国家的军队都在训练狗来嗅出饵雷。

· · ·

罗伯特和弗朗辛在米德兰市的时候，那里没有什么军人，因此他们和平民交了朋友。弗朗辛在德韦恩·胡佛处求得一职，一方面贴补丈夫的军饷，一方面有些事情做可以打发时间。

接着罗伯特被派去了越南。

不久，德韦恩的妻子吞服了德拉诺，而罗伯特则被装在塑料尸体袋中运回国。

· · ·

"我同情男人。"弗朗辛在高级汽车旅馆里说。她是真心这样说的，"我不想做男人——他们要冒那么大的风险，他们要那么辛苦地工作。"他们是在汽车旅馆的二层楼上，通过玻璃滑门可以看到铁栏杆和下面的水泥院子，再过去就是第一○三公路，再过去是成人感化院的土墙和屋顶。

"你感到又累又紧张，我一点儿也不奇怪。"弗朗辛继续说，"要是我是男人，我也会感到累和紧张。我想上帝造女人是为了使男人可以放松一下自己，隔一阵子就像婴孩一样得到呵护。"她对这安排十分满意。

德韦恩用鼻子嗅着。空气中充满了紫莓的香味，那是汽车旅馆用的杀蟑螂药的气味。

弗朗辛想着那监狱，那里的狱卒都是白人，而多数囚犯都是黑人。"是不是真的从来没有人从那里逃出过？"她问。

"这是真的。"德韦恩说。

"他们上次用电椅是什么时候？"弗朗辛问。她问的是安在监牢地下室中的一种装置，形状是这样的：

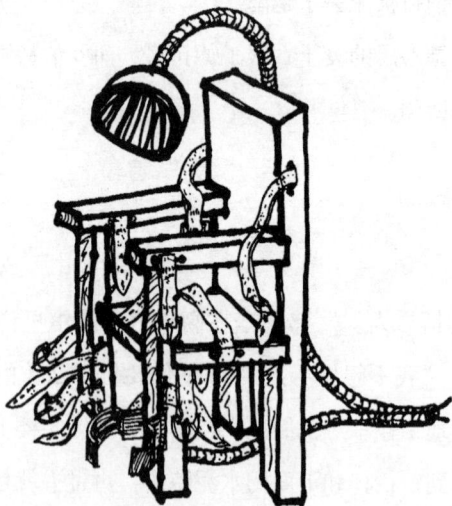

这种装置的用途是用过量通电的办法杀人。德韦恩·胡佛见过两次——一次是几年前商会会员参观监狱，另一次是当真地用在一个他认识的黑人身上。

· · ·

德韦恩想要回忆起牧羊人镇上次执行死刑是在什么时候。死刑处决已经不再流行，但是有迹象表明它可能又要流行了。德韦恩和弗朗辛想要回忆起他们记得的国内任何地方最近的电刑处决。

他们记起了因叛国罪对一对夫妇执行的处决。这对夫妇据说把怎样制造氢弹的秘密交给了另外一个国家。

他们又记起了一对恋人的处决。那个男子长得很好看，而且性感，他常常诱奸有钱的丑陋老太婆，然后就和恋人一起图财害命杀了她们。他真正爱的那个女人很年轻，但从一般的意义上来说，她一点儿也不漂亮。

她体重二百四十磅。

弗朗辛大声抱怨，为什么一个修长好看的年轻男人会爱上那么胖的女人。

"各种各样的人都有。"德韦恩说。

"你知道我一直在想什么吗？"弗朗辛问。

德韦恩嗅了一嗅。

"这里可是山德士上校肯德基炸鸡店开连锁分号的好地方。"

德韦恩放松的身体突然收缩起来，好像每一条肌肉都被柠檬汁刺激了一下。

问题是德韦恩要弗朗辛全心全意地爱他的肉体和灵魂，而不是他金钱所能买的东西。他以为弗朗辛在暗示他为她买山德士上校肯德基炸鸡店一家连锁店的经营权。

鸡是一种不会飞翔的鸟，形状如下：

炸鸡的做法是把鸡宰了，把毛拔干净，切去鸡头鸡爪，掏出内脏——然后剁成块，放在油里炸，炸好后盛在一只蜡纸桶里，上面加个盖。最后形状是这样的：

· · ·

弗朗辛过去因为能够使德韦恩心身放松而很自豪，如今因为使他又紧张起来而感到很惭愧。他僵硬得像一块烫衣板。

"唉，我的上帝……"她说，"你怎么啦？"

"要是你想问我要礼物，"德韦恩说，"请你帮个忙——别这么快发出暗示。咱们别把肉体欲望和礼物掺和在一起，行吗？"

"我甚至不知道你以为我要什么。"弗朗辛说。

德韦恩用假嗓子很不客气地学着她的腔调说："我甚至不知道你以为我要什么。"他如今看上去像一条盘起来的响尾蛇那样随和、放松了。当然，这是他身上的不良化学成分使他显出这个模样的。真正的响尾蛇形状是这样的：

宇宙创世主在它尾巴上安了一条响尾，还赋予它一副有如灌满了致命毒液的注射器一样的门牙。

· · ·

有的时候我真不知道宇宙创世主是怎么搞的。

· · ·

宇宙创世主创造的另外一种动物是墨西哥甲虫。它能够把屁股变成空弹枪，放出屁来，以震波击倒其他昆虫。

说真的，我是在《就餐者俱乐部》杂志上一篇关于奇异动物的文章里读到的。

· · ·

因此弗朗辛连忙下床，不与那条看来像响尾蛇一样的东西同枕共寝。她吓坏了。她只是不断地说："你是我的男人。你是我的男人。"意思是她什么事情都同意德韦恩，什么事情都愿意为他做，不论这事是多么困难或者多么恶心，为他做他连想也没有想起过的事情，如果必要，为他而死，如此等等。

她真的想这样活下去。她想不出有什么事情比这更好的了。所以当德韦恩性情乖戾时，她就不知所措了。他告诉她，每个女人都是荡妇，每个荡妇都有价钱，弗朗辛的价钱就是山德士上校肯德基炸鸡连锁店的价格，在把足够宽大的停车场和外部灯饰等开销考虑进去以后，这大概远远超出十万元。

弗朗辛语无伦次地说，她从来没有想为自己弄个连锁店，她是为德韦恩着想才要的，她要的一切都是为了德韦恩。其中有些话终于说清楚了。"我想到来这里的监牢探监的人，我想到他们大多数都是黑人，我想到黑人都喜欢吃炸鸡。"

"因此你要我开个黑人餐馆？"德韦恩说，如此等等。这样弗朗辛就有了除了德韦恩亲近部下以外第二个认识到他心眼多坏的殊荣。

"哈里·勒沙勃说得不错。"弗朗辛说。她逐步后退到背靠汽车旅馆房间的混凝土墙，手指掩着嘴巴。当然，哈里·勒沙勃就是德韦恩那个有男扮女装癖的销售经理。"他说你已经变了。"弗朗辛说。她用手捂住了嘴。"唉，上帝，德韦恩——"她说，"你已经变了，你已经变了。"

"也许这是时候了！"德韦恩说，"我一辈子从来没有感到这么好过！"

• • •

哈里·勒沙勃这时也在哭。他是在家里——躺在床上。他的脑袋上蒙了一张紫色床单。他家道小康，在股票市场上做了聪明的投资，几年来运气不错。例如他买了十万股施乐公司的股票，每股八元。如今股价已上涨了一百倍，这些股票就静静地躺在保险箱的黑暗之中。

有许多这样的金钱魔术在发生。就好像有个蓝色精灵在这个垂死的星球的这一部分忙忙碌碌，对有些债券股票挥着魔棒。

• • •

哈里的妻子格雷斯则躺在离床边有一段距离的躺椅上。她在

160

用鹳腿骨做的长烟嘴吸细雪茄。鹳是一种欧洲飞禽，大约有百慕大白尾海雕一半大。想要知道婴儿从何而来的孩子们，常常有人告诉他们，婴儿是鹳带来的。这么告诉孩子，是因为他们觉得孩子太小，无法明白张开大口的河狸等。

在婴儿诞生喜报和卡通上确有鹳鸟送子的画，供孩子们观看。典型的一张形状是这样的：

德韦恩·胡佛和哈里·勒沙勃小的时候都看到过这样的画。他们也都相信。

· · ·

格雷斯·勒沙勃表示不在乎德韦恩·胡佛的好感，而她的丈夫则觉得他已经失去了他的好感。"去他妈的德韦恩·胡佛，"她说，"去他妈的米德兰市。咱们把他妈的施乐股票卖了，到马维岛去买一所公寓。"马维是夏威夷群岛中的一个岛屿。大家都认为这是个天堂。

"你听好了，"格雷斯说，"就我所知，咱们是米德兰市唯一有性生活的白人。你不是性变态。德韦恩·胡佛才是性变态！你认为他一个月有几次性高潮？"

"我不知道。"哈里在他潮湿的帐篷里说。

格雷斯如今大声地不屑地说起德韦恩的婚姻。"他这么害怕性生活，"她说，"他娶了一个从来没有听说过这件事的女人，如果她以前确实听说过，她肯定要自杀的。"如此等等。

"她最后终于自杀了。"她说。

"驯鹿能听到你吗？"哈里问。

"去他妈的驯鹿。"格雷斯说。接着她补上一句："不，驯鹿听不到。"驯鹿是他们的暗语，指的是他们的黑人女仆，当时她远在厨房里。这是他们泛指黑人的暗语，这样他们可以谈论这个城市里的黑人问题，而不致冒犯可能无意中听到的任何黑人，而黑人问题在这个城市中是个大问题。

"驯鹿已经睡了，要不就在看《黑豹文摘》。"

· · ·

驯鹿问题基本上是这样的：白人觉得黑人不再有什么用处

了——除了向黑人出售偷来的汽车、毒品和家具的黑帮以外。但是，驯鹿仍在繁殖。到处都有这些无用的黑色大动物，而且其中很多脾气都很不好。每月给他们少量的钱，使他们不至于偷盗。甚至有人谈论给他们非常廉价的毒品——使他们精神萎靡但又愉快，对繁殖不再有兴趣。

米德兰市警察局和米德兰县警察局都主要是由白人组成的。他们有一排一排的轻机枪和自动猎枪，可以大规模捕猎驯鹿，这一猎鹿季节终归会到来的。

"你听好了——我是认真的，"格雷斯对哈里说，"这里是宇宙的屁眼。咱们到马维岛去买公寓住吧，换个环境。"

他们这样做了。

· · ·

与此同时，德韦恩的不良化学成分改变了他对弗朗辛的态度，从刁难挑剔到可怜兮兮的依赖。他向她道歉，不该怀疑她要山德士上校肯德基炸鸡连锁店。他充分肯定她对他的无私忠诚。他求她拥抱他一会儿，她做了。

"我真的糊涂了。"他说。

"咱们都糊涂了。"她说。她把他的脑袋抱在她胸口。

"我必须同人说说话。"德韦恩说。

"你如果愿意，你可以同妈咪说。"弗朗辛说。她的意思是她就是妈咪。

"告诉我人生是怎么一回事。"他趴在她香喷喷的胸脯上恳求。

"只有上帝才知道。"弗朗辛说。

· · ·

德韦恩沉默了一会儿。然后他期期艾艾地告诉她，在他妻子吞服了德拉诺三个月后，他去了一次通用汽车公司设在密歇根州庞蒂克的庞蒂克分部经理处。

"我们被引去参观了研究设备。"他说。令他印象最深的是一系列实验室和户外测验场，各种汽车部件甚至整部汽车都在那里被毁掉。庞蒂克的科学家们把坐垫料付之一炬，砸烂挡风玻璃，扳弯曲轴和驱动轴，制造迎头相撞，拔掉排挡轴，没有加润滑油就高速空转发动机，连续几天一分钟开关手套箱门上百次，把仪表板上的时钟冷却到绝对零度以上仅仅几度，如此等等。

"凡是不应该做的损伤汽车的事，他们都做了。"德韦恩对弗朗辛说，"我永远忘不了干这一切令人心痛的事的建筑前门上的牌子。"德韦恩向弗朗辛描述的牌子形状是这样的：

（破坏测验）

"看到那块牌子，"德韦恩说，"我不由得纳闷儿，这是不是上帝让我到地球上来的原因 —— 弄清楚一个人能够承受多大压力而不致崩溃。"

· · ·

"我迷了路，"德韦恩说，"我需要有人拉住我的手把我带出树林。"

"你累了，"弗朗辛说，"你怎么会不累呢？你工作这么辛苦。我为男人感到难过，他们工作这么辛苦。你想睡一会儿吗？"

"我睡不着，"德韦恩说，"除非我能找到答案。"

"你想去看医生吗？"弗朗辛问。

"我不想听医生说的那种话，"德韦恩说，"我想同完全不同的人说说话，弗朗辛。"他把手指嵌在她柔软的手臂里："我想从新的人那里听到新的事情。我已听过米德兰市的人说过的一切和将会说的一切。现在得换些新人了。"

"像谁？"弗朗辛问。

"我不知道，"德韦恩说，"也许是从火星上来的人。"

"咱们可以到别的城市里去。"弗朗辛说。

"在这里他们都是一样的。都是一样的。"德韦恩说。

弗朗辛有了个主意。"那么那些到这里来的画家、作家、作曲家呢？"她说，"你从来没有同那种人谈过话。也许你应该找他们中的一个人谈谈。他们的想法是不会像别人那样的。"

"别的我都试过了。"德韦恩说。他精神为之一振。他点一点头。"你说得不错！艺术节可以给我一个全新的人生观！"他说。

"这就是它的目的，"弗朗辛说，"利用它！"

"我会的。"德韦恩说。这可是个严重的错误。

• • •

　　基尔戈·特劳特搭车西行。向西行，这时搭了一辆福特牌银河型车。驾驶银河型汽车的人是个推销员，他推销的是一种在卸货台咬住卡车尾部的装置。这是一种用橡胶帆布做的伸缩性通道，使用时形状是这样的：

　　这种装置的作用是让仓库里的人在夏季装卸卡车时不至于放走库内的冷空气，在冬季装卸卡车时不至于放走库内的热空气。

　　驾驶银河型汽车的人还推销绕电线绳索用的大线轴。他还推销灭火器。他解释说，他是制造商的代理。他是自己的老板，因为他所推销的产品的制造商雇不起推销员。

　　"我自己定作息时间，我自己愿意推销什么就推销什么。不是产品推销我。"他说。他名叫安迪·利伯，是个三十二岁的白人，像这个国家许多人一样都大大超重。他显然十分快活，开起车来像个疯子。这辆银河型车如今时速已达九十二英里。

"我是美国仅有的少数几个自由的人之一。"他说。他的收入和人寿保险到期时的价值远远超过平均数。

• • •

特劳特曾经写过一部小说，名叫《你的情况如何？》，里面全是各种各样的全国平均数。在另外一个星球上的一家广告公司成功地做了本地产的类似地球人花生酱的产品广告。每份广告上引人注目的内容是某一种事物的平均数——子女平均数；那个星球上的男性性器官的平均大小；如此等等。广告请读者查看自己在各个方面是优于还是低于大多数人——至于究竟查看哪个方面，视某一广告的内容具体而定。

广告还说，优于和低于平均数是因为吃了这种或那种花生酱。只是，在那个星球上并没有真正的花生酱，只有沙司酱。

如此等等。

16

地球上吃花生酱的人准备征服基尔戈·特劳特书里那个星球上吃沙司酱的人。到这时候，地球上的西弗吉尼亚州和东南亚刚刚被毁。他们已经把一切都毁了。如今准备再出发开拓新的地方。

他们用电子窥探的方法来观察吃沙司酱的人，断定他们人数太多、太自尊、太机智，不会让自己成为开拓对象的。

因此地球人渗透进那家有沙司酱账户的广告公司，篡改了广告中的统计数字。他们把所有的平均数都提高，使得该星球上的人感觉到各方面都不如多数人。

这时地球人的装甲航天飞船飞来，发现了这个星球——当地人只是零星地进行了象征性的抵抗，因为他们感到自己低于平均数——开拓工作就开始了。

特劳特问那个快活的制造商代理，驾驶"银河"感觉如何，银河是那种型号的汽车的名字。驾车的没有听到，特劳特也就随他去了。其实这是一种文字游戏，特劳特同时在提两个问题：一是开汽车感觉如何；二是开"银河"那样的东西感觉如何。"银河"的直径是十万光年，厚度是一万光年，每隔两亿年环转一次。它大约有一千亿颗星。

这时特劳特在银河车里看到有这个牌子的简易灭火器：

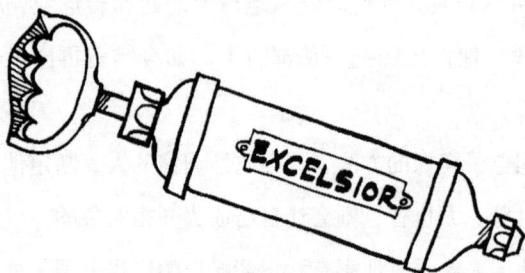

（高级）

就特劳特所知，这个词在一种已废而不用的语言中是"高级"的意思。这也是在一首著名的诗中，一个虚构的爬山者消失在山顶上的暴风雪中时不断呼叫的话。这也是包装易碎物品时填充的锯木屑的商标名。

"怎么会有人叫灭火器'高级'呢？"特劳特问开车的。

开车的耸耸肩。"一定有人喜欢它的读音吧。"他说。

· · ·

特劳特看到窗外的乡野景色，因为车速飞快而有些模糊。他看到这块牌子：

（请游神圣奇迹洞穴，距此162英里）

这样他就真的开始靠近德韦恩·胡佛了。仿佛宇宙创世主或别的什么超自然力量在为他们这次相会做准备似的，特劳特感到有要翻阅一下自己写的书——《如今可以说了》的冲动。这是那本不久将把德韦恩变成杀人狂的书。

这本书的大意如下：生命是创世主的一个试验，他要测试一种他想引进到宇宙中的新生物，这种生物能够自己拿主意，而其他生物都是完全按程序运作的机器人。

这本书的形式是创世主给试验性生物的一封长信。创世主祝

171

贺该生物，并为他受到的一切不便道歉。创世主邀他到纽约市华道夫·亚斯多里亚旅馆帝国厅出席招待他的宴会，届时有个名叫山美·戴维斯的黑人机器人表演歌舞。

· · ·

宴会以后创世主没有把试验性生物杀掉，而是把他转到一个处女星球上去了。在他失去知觉的时候，从他手掌心削下活细胞。这手术一点儿也不痛。

然后这些细胞被掺和到那个处女星球的汤一样的海洋中去。随着时间的推进，它们逐步演变成更加复杂的生命形式。不论它们具有何种形态，它们都有自由意志。

特劳特没有给这试验性生物起个合适的名字。他就叫他"人"。

在那个处女星球上，"人"是亚当，海是夏娃。

· · ·

"人"常常在海边徜徉。有时他涉水到他的夏娃中去。有时他在她身中游泳，但是她太稠，游起来不得劲。游泳使亚当感到倦怠欲睡，身上腻乎，因此他就投到刚从山上泻下的冰凉溪水中去。

他投到冰凉的水中时大声呼叫，从水中抬起头来呼吸空气时又大声呼叫。当他从水中出来爬上岩石时，他的小腿擦出了血，他对此哈哈大笑。

他喘着气笑着，他想到一件奇怪的事想大声喊叫。创世主从来不知道他想叫什么，因为创世主对他没有控制力。人得自己决定他下一步要做什么——为什么要做。例如，有一天游泳后，他叫了一声："芝士！"

另外一次他叫："为什么你不开一辆别克车？"

．　．　．

处女星球上唯一其他的大动物是个天使，他偶尔来探访"人"。天使是创世主的信使和调查员。他的形态是一只八百磅重的浅黄色公熊。他也是机器做的，创世主也是机器做的，这是根据基尔戈·特劳特的说法。

这头熊想要知道"人"为什么做了他做的事。比如，他会问："你为什么大声叫'芝士'？"

"人"会开玩笑地回答他："因为我觉得喜欢你，你这台愚蠢的机器。"

．　．　．

在基尔戈·特劳特写的书的末尾，"人"在处女星球上的墓碑形状如下：

NOT EVEN
THE CREATOR
OF THE UNIVERSE
KNEW WHAT
THE MAN
WAS GOING TO SAY NEXT

PERHAPS THE MAN
WAS A BETTER UNIVERSE
IN ITS INFANCY

R.I.P.

（甚至创世主也不知道人接着要说什么，
也许在襁褓时期的人是个更好的宇宙。安息。）

17

本尼·胡佛——德韦恩·胡佛的同性恋儿子——正在换衣服准备上班。他是新假日旅馆鸡尾酒吧弹钢琴的。他很穷。他孤身住在老费尔彻尔德旅馆一间没有浴室的房间里。这家旅馆以前是个时髦场所，如今已成了鸡毛店——位于米德兰市最危险的区域。

不久，本尼·胡佛将会受到德韦恩的严重伤害，同基尔戈·特劳特一起躺在救护车上。

. . .

本尼脸色苍白，那是以前生活在神圣奇迹洞穴的深处那种盲鱼的不健康颜色。这种鱼已绝种。它们多年前都已肚子朝天了，从洞穴中冲出来，到了俄亥俄河里——肚子朝天，在中午的阳光中呜呼哀哉！

本尼也怕阳光。而米德兰市的自来水却一天比一天有毒性了。他吃得很少。他在自己的房里做饭。这很简单，因为他只吃蔬菜水果，而且是生吃的。

他不仅不碰死肉，而且也不碰活肉。他没有朋友、爱人、宠物。他只有一次受到过欢迎。那是他在草原军校的时候，学生会一致选他为士官生上校，那是学员中最高的军衔，是在他上四年级的时候。

· · ·

本尼在假日旅馆弹钢琴的时候有许多许多秘密。其中之一是：他并没有真的在那里。他能够通过超脱静坐飘逸于鸡尾酒吧，甚至飘逸于这个星球之外。他是从马哈里希·马赫希·尤吉那里学到这一手的，那是在后者环游世界讲学经过米德兰市逗留的时候。

马哈里希·马赫希·尤吉以一块新手帕、一只水果、一束鲜花和三十五元为交换，教本尼闭上眼睛，一而再再而三地向自己说这句悦耳而又没有意义的话："阿一依一姆，阿一依一姆，阿一依一姆。"本尼如今坐在旅馆床边，嘴上念念有词。"阿一依一姆，阿一依一姆。"他对自己这么说，在内心里。这句话的节奏中每一个音节都与他的心跳合两拍。他闭上眼睛。他变成了心灵深处的一个潜水者。这深处很少用过。

他的心跳慢了下来。他的呼吸几乎停止了。心灵深处只飘浮着一个词。它是从心灵的繁忙部分滑出来的。它同什么东西都没有关系。它懒洋洋地飘浮着，像一条半透明丝巾一样的鱼。这个词不打扰人。它是："蓝色"。在本尼·胡佛看来它的形状是这样的：

（蓝色）

这时又有另外一条可爱的丝巾鱼游过，形状是这样的：

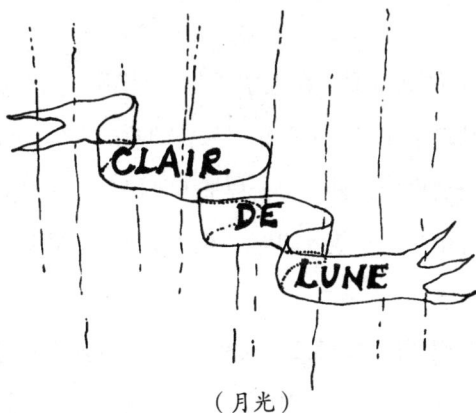

（月光）

．．．

十五分钟后，本尼的意识自动升到表面上来了。本尼精神清爽了。他从床上起来，用军用梳子梳了头发，那是很久以前他当选为士官生上校后他母亲送他的。

．．．

本尼是在只有十岁的时候被送去上军校的，那是一所培养杀人和绝对服从的机构。送他去的原因如下：他告诉德韦恩宁可做女人而不是男人，因为男人常常做那么残酷和丑恶的事。

．．．

听着——

本尼·胡佛到草原军校上了八年不间断的运动、法西斯主义的课程。法西斯主义是一种相当流行的政治哲学，信奉这种哲学的人把其所属民族或种族视为神圣不可侵犯。它主张建立专制集权政府，并由一个独裁者领导。不论该独裁者叫你干什么，你必须服从。

本尼每逢假期回家总带回新的奖章。他学会了击剑、拳击、摔跤、游泳、开枪射人、刺刀见红、骑马驰骋、匍匐爬行、四处

178

窥视而不被别人发觉。

他会拿出奖章来炫耀，他的母亲会在他的父亲听不到的时候告诉他，她一天比一天不快活。她会暗示德韦恩是个魔鬼。这是不正确的，都是她想入非非。

她开始告诉本尼，德韦恩有多坏，但她总是刚开口就打住了。"你太年轻了，不该把这些事情说给你听。"她会这么说，"反正不论是你或者随便谁，对这些事是没有什么办法的。"尽管本尼已经十六岁了。她会装出把嘴巴上锁的样子，低声对本尼说："这些都是我要带到坟墓里去的秘密。"

当然，她的最大秘密是本尼到她吞了德拉诺自杀后才发觉的——西里亚·胡佛像臭虫一样疯了。

我母亲也是。

．　．　．

听着——

本尼的母亲和我母亲是完全不同的人，但是她们都有一种异乎寻常的美。两个人都会激动地谈论什么爱情、和平、战争、邪恶和绝望，过去的好日子和过去的坏日子。两个母亲都自杀了。本尼的母亲吞服德拉诺，我母亲吞安眠药，这不是那么糟糕。

· · ·

　　本尼的母亲和我母亲有一点奇怪的症候是共同的：她们俩都不愿意拍照。她们在白天一般都掩饰得很好，内心的疯狂直到深夜才表露出来。但是，如果有人把照相机对准她们，她们就会跪下来用双手抱头，好像有人要打死她们似的。这景象看起来很惨，不忍目睹。

　　至少本尼的母亲教会他怎样弹钢琴，这可是乐器，至少本尼的母亲教会他一项技能。钢琴弹得好几乎可以在全世界任何地方的鸡尾酒吧谋到一份乐手的差事，而本尼弹得很好。他的军事训练没有用，尽管他得到了那么多奖章。军队知道他是同性恋，他一定会爱上别的战士，军队不愿意接受这种关系。

· · ·

　　这样本尼如今已准备好干他这一行业。他如今在黑色高领套头毛衣外穿上黑色平绒晚礼服。他从唯一的窗户向楼下小巷望去。旅馆好些房间可以看到费尔彻尔德公园。在过去两年内这座公园里发生过五十六起凶杀案。本尼的房间在二楼，因此他看到的是以前基德斯勒歌剧院的一道砖砌边墙。

　　在前歌剧院正面有一块历史性的牌匾。没有多少人能了解上面的话，它说的是：

JENNY LIND
"THE SWEDISH NIGHTINGALE"
SANG HERE
AVGVST 11
ANNO DOMINI MDCCCLXXXI

（珍妮·林德，"瑞典夜莺"曾在此歌唱，8月11日，公元1881年）

歌剧院曾经是米德兰市交响乐团所在地，这是一个音乐爱好者的业余团体。但歌剧院于一九二七年改为"巴尼斯特电影院"以后，他们就无家可归了。交响乐队至今无家可归，一直到密尔德丽德·巴里艺术中心落成。

巴尼斯特多年来是市里主要的电影院，一直到它陷入犯罪率高的地区的包围之内，该区域一直向北扩展。因此它已不再是电影院了，尽管里面墙上的壁龛里仍有莎士比亚和莫扎特的胸像望着你。

舞台也仍在那里，但如今堆满了餐厅桌椅。如今这地方归帝国家具公司所有。这家公司受黑帮控制。

本尼所住的街区绰号叫"滑木场"。每一个稍微大一些的美国城镇都有一个贫民区，也有这同一个绰号的"滑木场"。没有亲戚朋友，或者财产，或者出息，或者抱负的人才去这种地方。

这种人在别的街区会遭白眼，警察会把他们赶走。他们通常就像玩具气球一样容易飘走。

他们会到处飘荡，像灌了比空气稍微重一些的气体一样，一直到"滑木场"来落了脚，靠着老费尔彻尔德旅馆的墙脚。

他们可以一天到晚在那里打瞌睡和互相嘀咕。他们可以行乞，他们可以买醉。他们的基本状态是这样的：他们待在那里，不去打扰别人——直到他们被杀死取乐，或者到冬天被冻死。

· · ·

基尔戈·特劳特有一次写过一篇小说，说的是有一个城市决定告诉这些流浪汉他们是什么样的人，他们会有什么样的下场，办法是竖起这样的一块路牌：

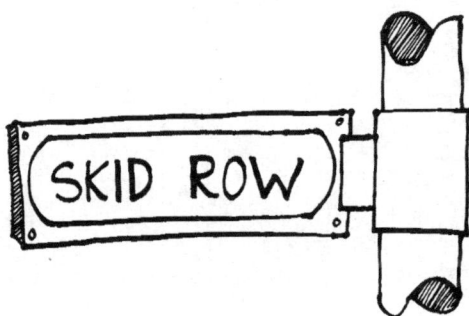

（滑木场）

本尼如今对着镜中的自己微笑。他命令自己立正，暂时又变成了他在军校中养成的那个没有头脑，没有幽默，没有心肠到让人不能容忍的军人。他口中念念有词，背诵着军校校训，那是他曾经一天要大声喊叫上百次的校训——凌晨时，就餐时，每节课开始时，比赛时，刺刀操练时，日落时，就寝时。

"做得到，"他说，"做得到。"

18

　　基尔戈·特劳特搭的银河型汽车如今行驶在州际公路上，快接近米德兰市了。它是在慢慢地爬行。它在高峰期间从巴里特隆、西方电气和草原共同基金这些公司开出来的汽车造成的交通堵塞之中。特劳特从他读的书上抬起头，看到一块广告牌上写着：

（掉头，你刚错过了神圣奇迹洞穴！）

就这样，神圣奇迹洞穴已是属于过去的事了。

在将来很老很老的时候，联合国秘书长索尔·仑伯格博士会问特劳特，他是否害怕将来。他会作这个回答：

"秘书长先生，把我吓得屁滚尿流的是过去。"

· · ·

德韦恩·胡佛仅在四英里以外。他坐在新假日旅馆鸡尾酒吧斑马皮靠墙卡座上。那里很暗，也很安静。州际公路上交通高峰期的汽车喇叭和驰掣声被厚厚的猩红色窗帷挡在外面了。每张桌子上都有一盏带防风灯罩的灯，里面有一支蜡烛，尽管四周宁静无风。

每张桌子还有一碟烤花生米，一块让侍者可以拒绝招待任何与酒吧氛围不协调的人的牌子。牌上写的是：

（此桌已预订）

．．．

　　本尼·胡佛在弹钢琴。他父亲进来时他没有抬头看一眼。他父亲也没有朝他那边看。他们互相不打招呼已有好多年了。

　　本尼继续弹他的"白人蓝调"，缓慢而且叮当作响，中途即兴停顿，不发声音。本尼的蓝调有一种音乐盒的特质，一种疲倦的音乐盒的特质。它们叮当响了几下，就停了下来，然后又勉强地、有气无力地再响几下。

　　本尼的母亲曾经收集叮当响的音乐盒等东西。

．．．

　　听着——

　　弗朗辛·帕夫科在隔壁德韦恩的汽车经销处。她在快速处理那天下午应该做的事。德韦恩不久就要揍她。

　　她打字和存档的时候，唯一在汽车经销处的另外一个人是那个黑人假释犯威恩·胡布勒，他仍在旧车那里晃悠。德韦恩也要揍他，但他是躲避拳脚的能手。

　　弗朗辛这一刻完全是一台机器，一台用肉做的机器——打字机或存档机。

　　而威恩·胡布勒没有什么机器一样的事要做。他一心想要做一台有用的机器。旧车都已被锁得严严的准备过夜了。有时顶

186

上一根电线上的铝制螺旋桨会被微风吹动，威恩就会尽量配合。

"转吧，"他会说，"转吧。"

. . .

他同州际公路上的来往车辆也建立了一种关系，领会它的情绪变化。"大家都回家去了。"在交通拥堵时他会这么说，后来道路通畅时他又说，"大家都到家了。如今太阳已经落山。"

"太阳落山了。"威恩·胡布勒说。他不知道下一步到哪儿去好。他有些不在乎地觉得也许有天晚上他可能暴尸街头。他从来没有看到过别人暴尸街头，也从来没有受到过这种威胁，因为他很少在户外逗留。他之所以知道有暴尸街头这件事，是因为牢房里的小收音机轻薄如纸的声音常常报道暴尸街头的事。

他很想念那轻薄如纸的声音。他很想念铁门的关启声音。他很想念面包、炖菜、牛奶、咖啡，以及监狱的养牛场。

威恩·胡布勒死时，下面将是他的一块很好的墓碑：

（黑囚鸟——他适应了应该适应的一切）

. . .

　　监狱里的养牛场不仅为监狱也为县医院供应牛奶、奶油、黄油、奶酪、冰激凌。它也向外界出售产品，它的商标没有提到监狱。商标如下：

"QUEEN OF THE PRAIRIES"

（草原女王）

· · ·

威恩不能很好地朗读。比如在汽车样品间的窗户和有些旧车挡风玻璃的招贴上面，与其他比较常见的字符一起出现的"夏威夷"和"夏威夷式"这两个词。威恩想从发音上分解这两个神秘的词，都没有成功。"哇咿哦。"他会这么说，或"呼嗬哇嗨"，如此等等。

· · ·

威恩·胡布勒如今面露笑容，不是因为他感到快活，而是因为没有别的事情可做，他不如露一露牙齿。他的牙齿十分好。牧羊人镇成人感化院对于自己的牙医工作很自豪。

这项牙齿工作计划十分出名，以致一些医学刊物和《读者文摘》都为之介绍。《读者文摘》是这个垂死星球上最流行的刊物。这项计划的基本理论是，许多获释囚犯之所以不能找到工作是因为他们的外表。漂亮外表从漂亮牙齿开始。

事实上，这项计划如此出名，甚至邻州各警察局在逮到花了大价钱护牙、补牙、装了齿桥的穷人时，常常会问他："好吧，你说吧——你在牧羊人镇待过多少年？"

· · ·

威恩·胡布勒听到了一个女招待向鸡尾酒吧调酒师叫的一些酒。威恩听到她叫"吉尔贝酒和奎宁水，要加一片"。他不知道那是什么——或者一杯曼哈顿，或者白兰地亚历山大，或者黑刺李杜松子酒。"给我一杯强尼·瓦克·鲍伯·罗伊，"她叫道，"还有一杯加冰块的南方安逸、加伍尔夫斯密特的血腥玛丽。"

威恩唯一同酒精打交道是喝清洁剂、吃鞋油等之类的东西。

他对酒精没有爱好。

．　．　．

"给我一杯黑和白加水。"他听到女招待说，威恩早应该竖起耳朵。那杯酒不是给一般人叫的。那杯酒是给那个——给威恩造成这一切苦难的人叫的，这个人有能力把他杀了，或者让他发财，或者送他回牢房，或者爱怎么样对付他就怎么样对付他。那杯酒是为我要的。

．　．　．

我隐姓埋名来参加艺术节。我到那里是要观看我所创造的两个人的碰头，德韦恩·胡佛和基尔戈·特劳特。我不想给人认出来。女招待点燃了我桌上的防风灯，我用手指把它掐灭了。我在俄亥俄州阿希塔布拉郊外头天过夜的假日旅馆买了一副太阳镜。我如今在暗处也戴上了它。它的形状是这样的：

镜片是银色的，对着望我的人反射。任何人想要看清我的眼睛，就会在镜片上看到他自己眼睛的反射。酒吧里别人都有一双眼睛，我却有看到另一宇宙中去的两个洞。我有两面"漏子"。

. . .

我的桌上有一盒火柴，放在我的一盒派尔·马尔香烟旁边。

火柴盒上的话如下（我是在一个半小时以后看到的，其时德韦恩正在把弗朗辛·帕夫科揍得灵魂出窍）：

"业余时间每周赚一百元易如反掌，只需向你的朋友展示舒服新式的梅森皮鞋。人人都喜欢梅森皮鞋，穿来特别舒服！免费赠送赚钱工具，不出家门即可营业。我们甚至告诉你怎样免费进鞋，奖励你订货赚钱！"

如此等等。

. . .

"你在写的这本书太糟了。"我对"漏子"后的自己说。

"我知道。"我说。

"你是害怕你也会像你母亲那样自杀。"我说。

"我知道。"我说。

· · ·

　　在酒吧里，从我的"漏子"后面窥视我自己创造的世界，我口中说出了这个词："精神分裂症。"

　　这个词的读音和外表多年来一直使我着迷。它的读音和外表使我觉得像一个人在肥皂雨中打喷嚏。

　　我过去和现在都不确切知道我得了这个毛病。我过去和现在只知道这些：我弄得自己极其不舒服，因为我没有把注意力放在当前十分重要的生活细节上，而且拒绝相信我的邻居所相信的东西。

· · ·

　　我现在好一些了。

　　说真的：我现在好一些了。

· · ·

　　不过我真的病了一阵子。我坐在自己创造的酒吧里，我穿过"漏子"看着我自己创造的那个白人女招待。我给她起名叫波尼·麦克马洪。我让她给德韦恩·胡佛端来他惯常喝的酒，那是一杯上议院马提尼加一片柠檬。她是德韦恩的老熟人。她的丈夫在成人感化院风化罪部门担任警卫。波尼做女招待，因为她丈夫把他们的积蓄全部投在牧羊人镇一家洗车铺上，结果却亏得精光。

德韦恩曾经劝他们不要这么做。德韦恩是这样认识她和她丈夫拉尔夫的：他们在过去十六年中向他买了九辆庞蒂克车。

"我们是个庞蒂克家庭。"他们这么说。

波尼如今把马提尼酒端给他时说了一句笑话。她每次给人端马提尼酒时都说这笑话。"冠军早餐。"她说。

· · ·

"冠军早餐"是通用磨坊公司为一种谷类早餐产品注册的商标名。本书以此作为书名并贯穿全文无意表示与通用磨坊公司有关系或者得其赞助，也无意败坏他们优良产品的声誉。

· · ·

德韦恩希望来参加艺术节而在假日旅馆下榻的著名宾客中有一些会到酒吧里来。他想同他们谈谈，看看他们有没有人对生命的了解是他所不曾有的。他希望新的真理可能为他做的事情如下：使他能够对自己的麻烦一笑置之，继续生活下去，不至于被送到米德兰县医院的北楼去，那是收治疯子的地方。

他在等待某位艺术家出现时，他以脑袋里储存的唯一有些深

194

度和神秘的艺术创作安慰自己。这是他在糖溪中学二年级时被迫背诵的一首诗，该中学当时是白人精英中学。糖溪中学如今是所黑人中学了。那首诗如下：

> 手指移动书写，写了以后
> 继续移动：你的虔诚或智慧
> 都不能诱它回来取消半行，
> 你的眼泪不能洗去一个单字。

这也算是诗！

. . .

德韦恩很容易接受关于生命意义的新看法，因此他也就很容易受催眠。这样，当他低头看他的马提尼酒时，酒面上无数一闪一闪眨着的眼睛就使他灵魂出窍。这些眼睛其实是柠檬油滴。

德韦恩错过了机会，没有看到两个来参加艺术节的著名人士的到来，他们坐在本尼的钢琴旁的酒吧凳上。他们是白人。他们是哥特式小说家皮特丽斯·基德斯勒和极简主义抽象派画家拉波·卡拉比基安。

本尼的钢琴是一台施坦威牌小型卧式钢琴，包有南瓜色的塑料贴面，周围一圈凳子。客人可以在这钢琴旁喝酒吃饭。上个感恩节，有一家十一口人在这架钢琴边上吃感恩节大餐，由本尼弹琴伴奏。

. . .

"这里一定是宇宙的屁眼。"极简主义抽象派画家拉波·卡拉比基安说。

哥特式小说家皮特丽斯·基德斯勒是在米德兰市长大的。"这么多年不回老家，我这次回来感到很害怕。"她对卡拉比基安说。

"美国人总是害怕回老家。"卡拉比基安说，"有很充分的理由，我可以这样说。"

"他们过去有很充分的理由，"皮特丽斯说，"但是如今没有了。过去已不再为害。我如今会对所有在外流浪的美国人说：'你当然可以回老家了，高兴回去几次就回去几次。家乡已经是个汽车旅馆了。'"

. . .

在州际公路上西去的车辆到新假日旅馆以东一英里的地方停了下来，因为10A出口发生了致命的车祸。司机和乘客都纷纷下车，伸展一下腿，同时如果可能的话弄清楚前面究竟发生了什么。

基尔戈·特劳特是下车的人之一。他从别人那里打听到，新假日旅馆离此不远，步行即到。于是他就从银河型汽车前座拾起大包小包，向开车的人道谢，开始吃力地步行。他已忘了开车的人的姓名了。

　　他也在脑海中开始形成对他此次来米德兰市的简单使命比较合适的一套信念，那就是向一心想从事高尚创造活动的乡下佬展示一下一个一而再再而三失败的创造者是什么样子。他停下艰难的步伐，从陷在交通堵塞的一辆卡车的后视镜中看一下自己。这辆卡车拖着两节拖车。卡车主人认为这辆卡车应当在所到之处向人们吆喝的话如下：

（无出其右）

　　特劳特在镜中出现的形象如他预期的一样吓人。他在被冥王星帮打劫之后一直没有梳洗，因此，一只耳朵上还有血块，左鼻孔下更多。上衣肩上有狗屎，那是他在遭劫后掉到昆士区手球场的狗屎堆里沾上的。

　　说来令人不信，这狗屎碰巧来自我认识的一个姑娘所豢养的一条可怜的灵缇。

　　　　　　　・　・　・

　　养那灵缇的姑娘是一部美国史音乐剧的助理照明师，她在单间公寓中养着这条名叫"长矛"的灵缇。公寓只有十四英尺宽、二十六英尺长，距街面有六节楼梯高。这条灵缇的一生都在按时按地排泄。有两个地方它可以排泄：一是七十二级台阶下门外的街边，旁边有汽车飞驰而过；二是它的女主人放在威斯汀豪斯电冰箱门前的烤盘上。

　　"长矛"脑袋很小，不过它有时一定怀疑过，就像威恩·胡布勒那样，一定是什么地方弄错了。

　　　　　　　・　・　・

　　特劳特吃力地往前走，一个在异乡的异客。他的朝拜之行得到了新的智慧作为回报，如果他仍留在科霍斯的地下室里，这一新智慧永远不会是他的。他知道了如何答复许许多多的人急切地向自己提出的问题：州际公路米德兰市一段西行车道上是什么东西堵塞了交通？

　　基尔戈·特劳特的眼翳消失了。他看清楚了答案：一辆"草原女王"送奶车倒在路上，阻碍了交通。它是被一辆马力很大的一九七七年雪佛兰牌随想型两门汽车狠狠撞翻的。雪佛兰车飞上了中间分车道，车上乘客由于没有系上安全带，从车前防震的挡风玻璃弹出。他如今卧尸在糖溪防波水泥堤上。驾车的也死了，他是被方向盘的支柱穿刺死的。

　　雪佛兰车上的乘客躺在糖溪里，死尸还流着血。送奶车流的是牛奶。奶和血即将加入神圣奇迹洞穴中发臭的乒乓球里。

19

　　我在鸡尾酒吧的黑暗中与宇宙创世主同起同坐。我把宇宙缩小到直径只有一个光年大小的球。我让它爆炸。我又让它再一次散开。

　　向我提问吧，任何问题都行。宇宙多老？它只有半秒钟老，不过那半秒钟到现在已持续了1018年。谁创造的？没有人。它一直在那里。

　　时间是什么？它是吃自己尾巴的蛇，形状是这样的：

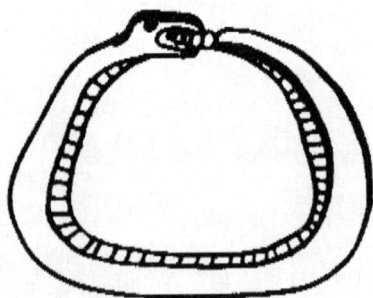

就是这条蛇把自己伸直了给夏娃苹果，苹果形状是这样的：

夏娃和亚当吃的苹果是什么。它是宇宙创世主。

如此等等。

有时，象征的符号可以很好看。

．．．

听着——

女招待又给我端来了一杯酒。她又要为我点防风灯。我不让她
点。她说："你戴了太阳镜，在黑暗中能看清楚什么东西吗？"

"我头脑中有盛大演出。"我说。

"哦。"她说。

"我能算命，"我说，"要算命吗？"

"现在不行。"她说。她回到吧台前与调酒师说了几句，
我猜说的应该是我。调酒师担心地朝我的方向看了几眼。他所

能见到的只有我眼睛前面的"漏子"。我不怕他过来要我离开那地方。说到底，他是我创造出来的。我给了他一个名字：哈罗德·纽康伯·威尔勃。我给了他银星章、铜星章、军人章、行为良好章、紫心章（上面有两簇橡叶），这使他成了米德兰市受勋第二多的退伍军人。我把他的奖章都放在衣柜抽屉的手帕下。

他是在第二次世界大战中得到这些奖章的，那次大战是由机器人所发动的，因此德韦恩·胡佛可以对这样一场大屠杀做出他自由意志的反应。这场大战场面极大，很少有什么地方的机器人没有参与。哈罗德·纽康伯·威尔勃因为杀日本人而得到这些奖章。日本人是黄色机器人，他们用大米作发动燃料。

他继续看着我，尽管我不想让他再看。我对我创造的角色的控制有一点要说明：我只能大致引导他们的行动，因为他们都是这样大的动物。有惰性需要克服。我并没有用铁丝与他们相联结。而更像是用旧牛皮筋与他们相联结。

因此我让酒吧后面的绿色电话机响了起来。哈罗德·纽康伯·威尔勃去接了电话，但他的眼睛仍盯着我。我得马上想好由谁在电话那一头说话。我把米德兰市得奖章最多的第一人放在电话那一头。他是在越南战争中得到这些奖章的。他也是同用大米发动的黄色机器人打仗。

"鸡尾酒吧。"哈罗德·纽康伯·威尔勃说。

"哈尔？"

"谁呀？"

"我是奈德·林加蒙。"

"我正忙着。"

"别挂断。警察把我抓到市监狱里来。他们只允许我打一个电话，因此我打给你。"

"为什么打给我？"

"你是我剩下的唯一朋友。"

"他们为什么逮捕你？"

"他们说我杀了我的孩子。"

如此等等。

此人也是白人，他有哈罗德·纽康伯·威尔勃的所有奖章，外加美国军人所能荣获的最高英勇奖章，形状是这样的：

（英勇）

他如今也犯了美国人所能犯的最令人不齿的罪行，那就是杀死自己的孩子。她的名字叫辛西亚·安妮，她没活多久就被弄死了。她因为哭个不停而遭杀害。

她哭个不停，先是把她十九岁的母亲哭跑了，接着被她父亲杀了。

如此等等。

. . .

至于我可能给女招待算的命是这样的："你会受到灭蚁药的欺骗而不自知，你会给你的汽车前轮买钢圈子午胎，你的猫会被一个名叫海德莱·托马斯的摩托车手轧死，你在亚特兰大的弟弟阿瑟会在出租车上捡到十一元钱。"

. . .

我也可能为本尼·胡佛算命："你父亲会病入膏肓，你的反应十分怪诞，可能有人会主张把你也送入疯人院。你会在医院候诊室里大出洋相，告诉医生和护士，你父亲因你得病。你会责怪自己不孝，这么多年来存心要气死他。你会转移你的憎恨目标。你会憎恨你的妈咪。"

如此等等。

．．．

我让那个黑人假释犯威恩·胡布勒躲在旅馆后门外垃圾箱旁，察看那天早上在监狱门口发给他的钞票。他没有别的事好做。

他察看着，钞票上有着睁大眼睛的金字塔。他希望对这金字塔和那眼睛有更多的了解。他有那么多的东西要了解！

威恩甚至不知道地球绕着太阳转。他以为太阳绕着地球转，因为看起来肯定是那样。

一辆卡车嗖地开过州际公路，似乎是在向威恩叫痛，因为他读出了车身侧面上的词的另一同音含意。这个词的意思告诉威恩，卡车把货物从一地运到另一地，处在痛苦之中。这个词的词义如下，威恩大声读了出来。

［赫兹租车，"赫兹"（hertz）与"伤害"（hurts）同音］

威恩在四天之内将会碰到的事情如下，那是因为我让他碰到这些事情：他会被警察抓到、审问，因为他在巴里特隆公司后门外行踪诡秘可疑，那家公司从事的可是超级秘密武器研制。他们起先以为他可能是假装愚蠢无知，实际上他是为某党派效劳的狡猾间谍。

经过检查他的指纹和他完美的牙齿，警方证实他确是他自己所说的人。但是他仍有一些事情需要说明：他拿着一张名字填作保罗·迪·卡比斯特拉诺的美国花花公子俱乐部会员证干什么？他是在新假日旅馆后面的垃圾桶里找到的。

如此等等。

．．．

现在我该让极简主义抽象派画家拉波·卡拉比基安和哥特式小说作家皮特丽斯·基德斯勒为这本书说些和做些什么了。我不想在操纵他们的时候瞪着眼睛看他们把他们吓着了，因此我假装全神贯注地用湿指头在桌面上画图画。

我画了地球人的"零"符号，那是这样的：

我画了地球人的"一切"符号，那是这样的：

$$\infty$$

德韦恩·胡佛和威恩·胡布勒知道第一个符号，但不知道第二个符号。如今我又在快要消失的水汽中画了另一个符号，那是德韦恩认识而感到不快的，威恩却不认识。这就是：

DRĀNO

（德拉诺）

如今我又画一个德韦恩在上学几年中知道，而后来忘了其含义的符号。这个符号在威恩看来好像是监牢饭厅桌子的一头。它代表圆周与直径的比率，可以用一个数字来表示，甚至就在德韦恩、威恩、卡拉比基安和基德斯勒，以及我们其余的人都在干我们的事时，地球人科学家已在单调地把这个数字用无线电发向外层空间了。目的是要向其他有人居住的星球显示我们是多么有智力——万一他们正好在听。我们把这些圆圈折磨得直到它们咳出它们生命的这个符号：

$$\pi$$

我在塑料包面的桌子上模仿拉波·卡拉比基安的一幅画，画了一张看不见的复制品，此画名叫《圣安东尼的诱惑》。我的复制品是原作的缩小版，而且没有颜色，但我也掌握了原作的形式和精神。我画的如下：

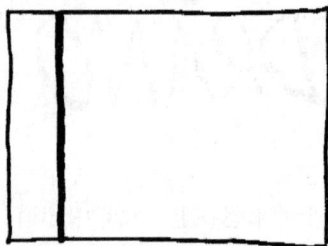

原作二十英尺宽、十六英尺高。颜色用宾夕法尼亚州海勒镇奥哈尔油漆公司出产的绿色墙漆，名叫"夏威夷牛油果"。签条用日辉牌橘色反射胶布条。如果不算建筑和墓碑，不算老黑人中学门前的亚伯拉罕·林肯塑像的话，这是最昂贵的一件艺术作品。

这幅油画售价之高实在吓人。它是密尔德丽德·巴里艺术中心采购的第一件永久珍藏品。巴里特隆公司董事会主席弗雷德·巴里自己拿出了五万元购买这幅画。

米德兰市感到震惊。我也是。

．．．

　　皮特丽斯·基德斯勒也是如此，但她藏而不露，与卡拉比基安一起坐在钢琴酒吧前。卡拉比基安身穿一件印有贝多芬头像的T恤，他知道他被一些憎恨他的人包围，因为他干的活儿这么简单，却得到了这么多的钱。他感到很好玩。

　　像酒吧里所有的人一样，他用酒精在麻醉大脑。酒精是用一种名叫酵母的微生物制造的。酵母吃糖，排泄酒精。酵母用自己的排泄物破坏自己的生态环境，然后死掉。

．．．

　　基尔戈·特劳特曾经写过一篇小说，那是两个酵母之间的对话。它们在一边吃糖，一边被自己的排泄物窒息致死时，讨论生命的可能意义。由于它们智力有限，它们从来没有想到自己在制造香槟酒。

．．．

　　因此我让坐在钢琴酒吧里的皮特丽斯·基德斯勒对拉波·卡拉比基安说："这真是可怕的忏悔，但我甚至不知道圣安东尼是谁。他是谁，为什么有人要诱惑他？"

"我不知道，我也不愿知道。"卡拉比基安说。

"你不信真理？"皮特丽斯问。

"你知道真理是什么？"卡拉比基安说，"这是我的邻居相信的疯话。如果我要同他交朋友，我会问他相信什么。他会回答我，然后我会说：'是啊，是啊 —— 这不是真理吗？'"

· · ·

我对那个画家或那个小说家的创作都没有丝毫敬意。我认为卡拉比基安用他的毫无意义的画同百万富翁们搞阴谋，使得穷人觉得自己很蠢。我认为皮特丽斯·基德斯勒和其他老派小说家一起联手使人们相信生活之中有主角、配角，有重要意义的细节和没有什么意义的细节，有教训要吸取，有考验要通过，有开始、中间和结束。

我快满五十岁了，我对我的同胞所做的愚蠢决定越来越感到气愤和不解。后来我又突然可怜起他们来，因为我了解他们的行为这么可恶，结果这么可憎，是完全无心的和自然的事。他们只不过在尽力学着与故事书中的人们一样生活。美国人这么频繁地互相开枪杀人的缘故就是：这是结束短篇小说和故事书的一种方便的文学技巧。

为什么有这么多的美国人被他们的政府视为粪土，好像他们的生命像擦脸的手纸一样可以用过即丢？那是因为作家们一贯是这样对待他们虚构的故事中的小角色的。

如此等等。

一旦我明白了是什么东西使美国成为这么一个危险的、不幸福的人民的国家，它与真正的生活没有任何关系，我便决定不再讲故事写小说。我要写关于生命的书。每一个人都同别人一样重要。对所有的事实也要给予同样的重视。没有东西可以遗漏。让别人为混乱带来秩序。而我则是为秩序带来混乱，我想这就是我做的。

如果所有的作家都这么做，那么文学行业以外的公民也许会明白，我们周围的世界没有秩序，我们必须适应混乱的要求。

要适应混乱是很困难的，但可以做到。我本人就是个活榜样：这是可以做到的。

• • •

为了要适应鸡尾酒吧那里的混乱，我如今让波尼·麦克马洪这个像宇宙中任何人一样重要的女招待为皮特丽斯·基德斯勒和拉波·卡拉比基安又端来酵母排泄物。卡拉比基安的酒是一杯皇家禁卫军仪仗队员牌马提尼酒加一片柠檬，因此波尼对他说："冠军早餐。"

"这是你给我端来第一杯马提尼酒时说的话。"卡拉比基安说。

"我每次给客人端一杯马提尼酒时都说这句话。"波尼说。

"不烦吗？"卡拉比基安说，"也许这就是为什么人们在这样一种上帝遗弃的地方兴建城市，这样他们可以一遍一遍地重复说同一笑话，一直到死神用灰烬封住他们的嘴巴。"

"我只不过是给客人打打气，"波尼说，"要是这也算犯罪，我可到如今才第一次听到。从今以后，我不说就是。我请你原谅。我并不是存心要得罪你。"

波尼憎恶卡拉比基安，但是她对他的态度仍十分甜美。她有一个原则，在酒吧里对任何事情都不表露任何不快。她的最大部分收入来自小费，而赚大笔小费的办法是微笑、微笑、微笑，不管发生什么。波尼如今的生活中只有两个目标：一是她要赚回她丈夫在牧羊人镇洗车业上所有的损失；二是她渴望为她的汽车前轮装上有钢圈的子午胎。

而在这时候，她的丈夫在家观看电视上的职业高尔夫球赛，喝酵母排泄物求得一醉。

·　·　·

附带说一句，圣安东尼是个创建第一所修道院的埃及人。修道院是男人可以过简朴生活，常常向宇宙创世主祈祷而不受野心、性爱和酵母排泄物分心的地方。圣安东尼在年轻时就变卖一切家产，到野外去单独生活了二十年。

在这完全孤独的二十年里，他常常受到他可能过吃好、穿好、有女人、有子女以及逛市场等好日子的幻象的诱惑。

他的传记作家是另一个埃及人圣阿萨那修斯，他在基督被谋杀三百年后所确立的三位一体、道成肉身、圣灵神圣性的理论一直到德韦恩时代的天主教徒仍认为有效。

事实上，米德兰市天主教中学是以圣阿萨那修斯的名字命名的。原来名为圣克里斯多弗，后来全世界天主教会头目教皇宣称也许根本没有圣克里斯多弗其人，因此人们不再崇奉他了。

一个黑人男洗碗工如今走出旅馆厨房，到外面来吸一支派尔·马尔香烟和一些新鲜空气。他的被汗水湿透的T恤上别着大一枚纪念章，上面写的是：

（支持艺术）

在旅馆各处都有一盘盘这样的纪念章，供大家取用，洗碗工是一时兴起取了一个。他对艺术作品没有兴趣，除了廉价和简单的作品，那本来是不打算给他保存的。他名叫埃尔敦·罗宾斯。

埃尔敦·罗宾斯也在成人感化院服过刑，因此他很容易认出站在垃圾桶间的威恩·胡布勒是个新获释的囚犯。"欢迎你到真实世界中来，兄弟，"他轻轻地，带着讽刺意味的关怀对威恩说，"你有多久没吃东西了？今天早晨？"

威恩羞答答地承认确实如此。于是埃尔敦带他穿过厨房来到一张长桌前，那是厨房工作人员吃饭的地方。那里有一台电视机开着，让威恩看到苏格兰女王玛丽被斩首。人人都服装整齐，玛丽女王把自己的脑袋放在砧木上。

埃尔敦让威恩吃一块免费的牛排和浇了调味汁的土豆泥，还有他要的任何东西，都是厨房里的其他黑人做的。桌上有一盘艺术节纪念章，埃尔敦让威恩在吃饭之前别上一枚。"别上这个，不要拿掉，"他严肃地对威恩说，"这样你就不会受到伤害。"

· · ·

埃尔敦让威恩看到墙上有个窥视孔，那是厨房工作人员钻的，可以看到鸡尾酒吧里的情况。"你看腻了电视，"他说，"就可以看动物园里的动物。"

埃尔敦自己在窥视孔里看一眼，告诉威恩，有一个人坐在钢琴酒吧前，他把一条黄色胶布贴在一块绿色画布上就得了五万元。他一定要威恩好好地看那人一眼。威恩遵命看了。

看了几秒钟以后，威恩就想把眼睛从窥视孔移开，由于缺乏背景知识，他对鸡尾酒吧里发生的事情几乎没有任何了解。例如，蜡烛就使他不解。他以为那里断了电，有人去换保险丝了。另外，他也不了解波尼·麦克马洪的衣服是怎么一回事，她脚蹬牛仔靴，黑色网纹的长筒袜用猩红的吊袜带系着，露出了好几英寸的光腿，身上穿的是一种闪光饰片做的紧身游泳衣，后面拖着一条粉红色的布绒。

波尼背对着威恩，因此他看不到她是个长有一张马脸的四十二岁女人，戴着一副八角形无边三光镜。他也看不见她老是在微笑，不管卡拉比基安的态度有多么侮辱人。不过他可以看到卡拉比基安的嘴唇在嚅动。他是能看出唇语的专家，任何人在牧羊人镇待过一阵子就能这样。在牧羊人镇，过道里和饭桌上是强迫你保持沉默的。

·　·　·

卡拉比基安挥一下手，指着皮特丽斯·基德斯勒对波尼说："这位太太是著名小说家，也是住在这个火车站附近的本地人。也许你能告诉她一些最近发生在她家乡的真实故事。"

"我不知道有什么故事。"波尼说。

"哦，别这样，"卡拉比基安说，"这屋子里每个人都值得写一部伟大的小说。"他指着德韦恩·胡佛："那个人的一生是什么故事？"

波尼只告诉了他德韦恩的狗斯巴基不能摇尾巴："因此它只好一天到晚同别的狗打架。"

"好极了。"卡拉比基安说。他转过头来对皮特丽斯说："我相信你可以把它写进小说中去。"

"说实话，我可以，"皮特丽斯说，"这是个很有趣的细节。"

"细节越多越好，"卡拉比基安说，"感谢上帝给了我们小说家。感谢上帝有人愿意把什么都写下来。要不然，就有许多事情被忘掉了！"他要求波尼再说一些真实故事。

波尼被他的热情所感染，以为皮特丽斯真的需要真实故事写书。"那么——"她说，"你们会考虑一下米德兰市牧羊人镇那一部分吗？"

"当然，"卡拉比基安说，他从来没有听说过牧羊人镇，"没有牧羊人镇，米德兰市会怎么样？没有米德兰市，牧羊人镇会怎么样？"

"这个嘛——"波尼说，她以为她真的有一个真正的好故事可以告诉他们，"我丈夫是牧羊人镇成人感化院的看守，他曾经负责看管要受电刑的人——那是过去他们还在用电刑处死犯人的时候。他同他们一起打牌，或者向他们朗读《圣经》，或者做他们想做的事，有一次他看管一个名叫李洛埃·乔伊斯的白人。”

波尼说话的时候，她的服装发出一道微弱的诡异的闪光。这是因为她的服装涂有闪光化学品。调酒师的上衣也是。墙上的非洲面具也是。天花板上的紫外线发光时，这些化学品就会像电灯广告一样发光。现在这时刻紫外线没有发光，但调酒师有时会打开开关，随他高兴，目的是让顾客有个意外的神秘的惊喜。

米德兰市的电灯以及一切电器的电源都来自西弗吉尼亚州的露天煤矿开采的煤，基尔戈·特劳特几个小时以前刚刚经过。

· · ·

“李洛埃·乔伊斯这么笨，”波尼继续说，“他不会玩牌。他不懂《圣经》。他说不来话。他吃了最后的晚餐后就呆呆地坐在那里。他因为强奸罪而要被电刑处死。于是我丈夫坐在牢房外的过道里，对自己念《圣经》。他听见李洛埃在牢房里走动，但他不担心。接着李洛埃用铁皮咖啡杯敲铁窗。我丈夫以为他要添咖啡。于是他站起来过去接咖啡杯。李洛埃面露笑容，好像如今一切都没事了。他不必上电椅了。他已经割下了那个劳什子，把它放在咖啡缸子里。”

当然，这本书是虚构的，但是我让波尼说的故事在实际生活中发生过——那是在阿肯色州的一所监狱里。

　　至于德韦恩·胡佛的那条不能摇尾巴的狗斯巴基，是以我弟弟的一条狗为原型的，那条狗得不断地与别的狗打架，因为它不能摇尾巴。真的有那么一条狗。

· · ·

　　拉波·卡拉比基安要波尼·麦克马洪把艺术节节目单封面上的那个少女的事情告诉他一些。这是米德兰市唯一闻名国际的人。她是世界二百米仰泳冠军玛丽·爱丽斯·米勒。波尼说，她才十五岁。

　　玛丽·爱丽斯也是艺术节女王。节目单封面上的她穿白色游泳衣，奥林匹克运动会金牌挂在脖子上。金牌形状是这样的：

（1972年慕尼黑第20届奥林匹克运动会）

玛丽·爱丽斯在节目单封面上对着西班牙画家埃尔·格里科画的圣塞巴斯蒂安微笑。那画是基尔戈·特劳特的赞助人埃利奥特·罗斯沃特借给艺术节的。圣塞巴斯蒂安是一名罗马军人，生活于我和玛丽·爱丽斯·米勒、威恩、德韦恩等人之前一千七百年，在基督教义还违反法律的时候就偷偷地信了基督教。

有人告发了他。戴克里先皇帝下令把他乱箭射死。玛丽·爱丽斯这么无限崇敬地仰望的画像上画的是一个身上满布箭矛的人，看上去像头箭猪。

关于圣塞巴斯蒂安有一点几乎没人知道，那是因为画家都喜欢画他身中乱箭，其实他大难不死，后来伤口愈合了。

他仍在罗马各地崇赞基督教义，诋毁皇帝，因此第二次被判处死刑。这次是乱棍打死。

如此等等。

波尼·麦克马洪告诉皮特丽斯和卡拉比基安，玛丽·爱丽斯的父亲是牧羊人镇假释委员会委员。他在玛丽·爱丽斯八个月的时候就教她游泳，三岁以后他要她一天至少游四次，每天如此。

拉波·卡拉比基安对此想了一想，就大声说，许多人都能听到："有哪一种人会把自己的女儿变成水上摩托艇？"

．．．

现在该出现本书的精神高潮了，因为我——本书作者——这时突然受到了我至今为止所作所为的改造。我到米德兰市去是因为要寻得再生。而"混乱"宣布，把上面这句话放在拉波·卡拉比基安的口中说出来就会诞生一个新的我："有哪一种人会把自己的女儿变成水上摩托艇？"

这样一句随便的话能够产生惊雷般的后果是因为鸡尾酒吧的精神状态处在我所称的"前地震状态"。惊人的力量在对我们的灵魂起作用，但是它们没有什么结果，因为它们互相巧妙地抵消了。

但是突然有一粒沙被碾碎了。这样某一个力量就对另一个力量具有优势，精神大陆开始高低起伏。

其中一个力量当然是熏心的利欲，它感染到鸡尾酒吧里这么多的人。他们知道拉波·卡拉比基安的画卖了什么价钱，他们也要五万美元。他们如果有五万美元可以得到多大的享受啊，至少他们是这样想的。但是他们得辛勤工作才能挣到钱，每次只有寥寥数元。这太不公平了。

另外一个力量是：这些人同时担心他们的生活可能很荒谬，他们的城市可能很荒谬。如今最糟糕的事发生了：他们认为他们的城市唯一不受荒谬影响的东西，即玛丽·爱丽斯·米勒刚刚受到从外地来的一个人的肆意嘲弄。

而且我自己的前地震状态一定也被考虑进去了，因为我是唯一得到再生的人。据我所知，鸡尾酒吧中没有别的人得到再生。他们只是思想得到了改变，其中有些人关于现代艺术的价值的想法得到了改变。

至于我自己：我得出了结论，不论我自己，还是任何一个人，都没有什么神圣的地方，我们都是机器，注定要迎头相撞、相撞、相撞。由于没有更好的事情可做，我们成了相撞迷。关于相撞，我有时写得很好，这就是说，我是一台状态良好的写作机器；有时我写得不好，这就是说，我是一台状态不好的写作机器。我像一辆庞蒂克汽车、一只捕鼠器，或者一台南本德车床一样，没有什么神圣之处。

我并不期望拉波·卡拉比基安来救我。我创造了他，在我看来他是个虚荣、软弱的人，是一堆垃圾，根本不是艺术家。但是正是拉波·卡拉比基安使我成了今天这样的严肃的地球人。

听着——

"有哪一种人会把自己的女儿变成水上摩托艇？"他对波尼·麦克马洪说。

波尼·麦克马洪发了火。这是她到鸡尾酒吧来工作以后第一次发火。她的声音像锯子锯洋铁皮时发出的声音一样刺耳，而且很响。"哦，是吗？"她说，"哦，是吗？"

大家都鸦雀无声。本尼·胡佛停止弹琴。没有人想错过一句话。

"你认为玛丽·爱丽斯·米勒不怎么样，是不是？"她说，"那么，我们认为你的画也不怎么样。我看到过五岁的孩子的画也比这好。"

卡拉比基安下了酒吧高凳，这样他可以站着面对所有敌人。他肯定使我吃了一惊。我以为他会在冰雹般向他丢来的橄榄、黑樱桃、柠檬片中仓皇后退。但是他在那里岿然不动。"听着——"他这么沉着地说，"我在你们那些精彩的报纸上读到过抵制我的画的社论。我也读了你们好心寄到纽约来的仇恨信的每一句话。"

这使他们有些尴尬。

"那幅画在我画出之前并不存在，"卡拉比基安继续说，"如今它已存在，没有什么比这城市里的五岁孩子一次又一次把它复制，把它大大改进使我更高兴的了。我花了这么多年努力去做到的东西，你们的孩子能这么愉快轻松地做好，我真是求之不得。"

"我现在向你们保证，"他继续说，"你们城市所拥有的这张画表现了有关生活的一切重要的东西，没有什么遗留。这是一幅每一个动物的意识的画。这是每一个动物的非物质核心——'我是'，所有信息都发向这个'我是'。这是我们任何动物身上都存在的唯一东西，不论是耗子、鹿，还是鸡尾酒吧女招待。它是毫不动摇和纯正的，不论我们遇到什么荒谬的事情。一幅圣安东尼的神圣的画本身是一根垂直的毫不动摇的光柱。如果有一只蟑螂走近它，或者鸡尾酒吧女招待走近它，这幅画就会出现两道光柱。我们的意识是一切有生命的东西，也许在我们任何人身上都是神圣的。我们其他的东西都是死机器。

"我刚才从这里的鸡尾酒吧女招待嘴里听到，这一垂直的光柱，一个关于她丈夫和就要在牧羊人镇被处决的傻子的故事。好吧——让一个五岁孩子画一幅那次见面的神圣的画。让那个五岁孩子去掉愚蠢、铁窗、等待处刑的电椅、看守的制服、看守的枪、看守的骨与肉。任何一个五岁孩子都能画得完美的画算什么？两道毫不动摇的光柱。"

拉波·卡拉比基安的野蛮的脸上出现了狂喜。"米德兰市的公民们，我向你们致敬，"他说，"你们给了一幅杰作安身的地方！"

附带一提，德韦恩·胡佛对此却一点儿也没有知觉。他仍在催眠状态：他在想怎么移动手指写作，他的钟楼上有蝙蝠，他发了疯，他并不是在玩一整副牌，等等。

20

就在我的生命由于拉波·卡拉比基安的话得到再生的时候，基尔戈·特劳特发现自己站在州际公路的边上，隔着水泥沟底的糖溪看着新假日旅馆。溪上没有桥，他得涉水过去。

于是他坐在护栏上，脱了鞋袜，把裤腿卷到膝盖，露出了青筋毕露和疤痕累累的小腿。我父亲很老很老的时候，小腿也是这样。

基尔戈·特劳特有着我父亲一样的小腿。这是我给他的礼物。我把我父亲的脚也给了他，那是瘦长娇嫩的脚，天蓝色，是有艺术性的脚。

· · ·

特劳特把他的有艺术性的脚放到糖溪的水泥沟底，马上从水面沾上了一层清澈的塑料物质。特劳特从水里提起一只脚时，塑料物质一接触空气就马上干了，使他感到有些奇怪，结果他的脚裹上了一层薄薄的包紧皮肤的东西，好像珠母层做的袜靴。他用另一只脚再试一下。

这物质是从巴里特隆工厂流出来的。该公司在为空军制造一种新型的对付人的炸弹。这种炸弹释放塑料弹丸而不是钢制弹丸，因为塑料便宜。而且用X光机也无法探寻到受伤敌人体内的弹丸。

巴里特隆不知道它在把这废料倾倒在糖溪中。他们只雇用了由黑帮控制的马里蒂莫兄弟建筑公司负责处理废料。他们知道该公司是黑帮控制的。大家都知道。但一般来说，马里蒂莫兄弟公司是该市最好的建筑公司。例如，德韦恩·胡佛的房子就是他们盖的，十分结实。

不过他们常常会做些令人吃惊的犯罪勾当。巴里特隆的废料处理系统就是一例。它的花费很大，看起来似乎很复杂，工作忙碌。但实际上它不过是用随便凑在一起的废旧材料，掩盖一条从巴里特隆直接通向糖溪的偷来的排水管。

巴里特隆要是知道自己成了污染源，一定会十分吃惊的。它成立以来一直就不计代价地要成为具有良好公民形象的完美公司模范。

· · ·

特劳特如今用着我父亲的腿脚蹚过糖溪，每走一步，这些黏着的东西就越来越像珍珠的表面了。他把大包小包和鞋袜顶在头上，尽管水并没有过膝。

他知道自己的样子一定很滑稽。他想自己一定不会受欢迎，他会使艺术节感到难堪得要死。他远道而来，结果是参加一场受虐狂欢。他想自己会被当作一只蟑螂对待。

· · ·

作为一台机器，他的状况是复杂、悲哀和可笑的。但是他身上的神圣部分，即他的意识，仍是一道毫不摇晃的光柱。

而且本书是由一部肉身机器同金属和塑料机器合作而写的。而这塑料碰巧又是糖溪中的废料的近亲。这台写作肉机器的核心部分是一种神圣的东西，那是一道毫不摇晃的光柱。

而每个读本书的人的核心部分都是一道毫不摇晃的光柱。

我在纽约的公寓住所刚才响起了门铃声。我知道打开前门后会发现什么：一道毫不摇晃的光柱。

上帝保佑拉波·卡拉比基安！

· · ·

听着——

基尔戈·特劳特爬出了沟底，到了停车场这块沥青沙漠。他的计划是湿着脚进旅馆大堂，把脚印留在地毯上——像这样：

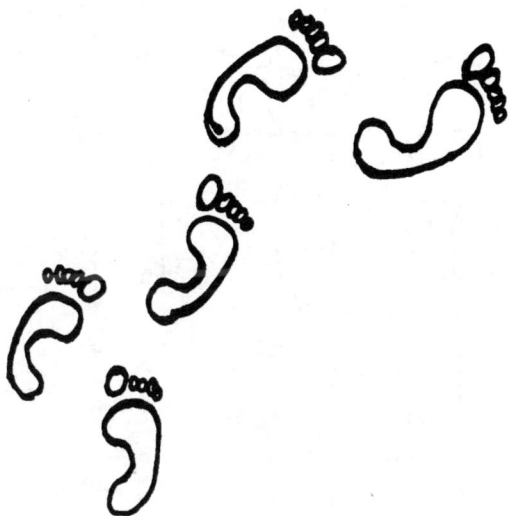

在特劳特的幻想之中，有人会对这些脚印感到愤怒。这就使他有机会庄严地宣布："我哪一点得罪了你？我不过是在使用人类的第一台印刷机。你读到的是一行粗体字的通栏标题：'我来了，我来了，我来了。'"

. . .

但是特劳特不是活人印刷机。他的脚在地毯上没有留下脚印，因为他的脚被包在塑料中，而塑料是干的。塑料分子结构如下：

CN　　　CN　　　　　　　　(ETC.)

(ETC.)—C　　　C—CH₂—C—CN

CH₂　　　　　　　　C=O

C　　　　O=C—O

O　　　O　　　　　　　O

CH₂　　　CH₂

CH₂　　CH₂—O　　　CH₂—CH₂

O　　O=C　　　　　　O

C=O　　CN—C—CH₂　　O=C

CN　　CH₂　(ETC.)　CN—C—CH₂

C　　CH₂　　　　　CH₂　(ETC.)

CH₂　(ETC.)　　　CH₂

(ETC.)　(ETC.)　(ETC.)

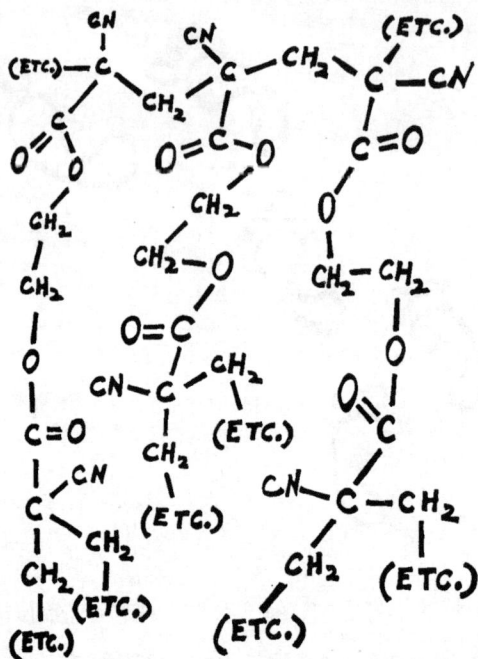

分子一个接着一个，重复不断，形成一层坚实无孔的薄片。

这分子就是德韦恩的两个孪生弟弟利尔和基尔用自动猎枪对付的那个鬼怪。这是堵塞神圣奇迹洞穴的同一种东西。

· · ·

教我如何图解塑料分子的人是达特茅斯学院的瓦尔特·H.斯托克梅耶教授。他是一位杰出的物理化学家，我的一位有趣而且有用的朋友。他不是我虚构的。我很想成为瓦尔特·H.斯托克梅耶教授。他是个杰出的钢琴家。他滑雪技术高超，滑起来飘逸如入梦境。

他在图解一个可能的分子时就会一点儿一点儿标出，像我画的那样——用一个表示同样性无穷无尽的缩写。

由于生命如今是一个聚合体，地球在其中被包得如此之紧，因此在我看来，写人的故事的最好结尾应该是同一缩写，我如今把它用大字写出，因为我喜欢那样做，就是这个：

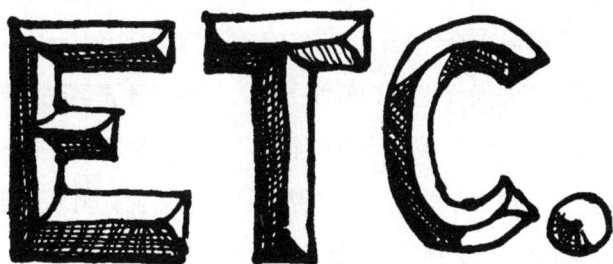

ETC.

（如此等等）

. . .

为了承认这个聚合体的延续性，我用"而且"和"于是"来开始这么多的句子，用"如此等等"来结束这么多的段落。

如此等等。

"这像是个海洋！"陀思妥耶夫斯基叫道。我则说这像是玻璃纸。

于是特劳特像一台无油墨印刷机一样进了旅馆大堂，但是他仍是进入那里的形状最滑稽的人。

他的周围都是别人称作"镜子"，他叫作"漏子"的东西。把大堂与鸡尾酒吧分开的整面墙是一面高十英尺、长三十英尺的漏子。售烟机上有另一面漏子，售糖机上又有一面。特劳特从漏子中望去，看一看另外一个宇宙中的事，他看到的是一个外形污秽、两眼通红的老头子，赤着双脚，裤腿高卷到膝盖。

当时凑巧在大堂里仅有另外一个人在场，他是漂亮的年轻接待员米洛·马里蒂莫。米洛的衣着、皮肤、眼睛都是橄榄色的。他是康奈尔中学毕业生。他是芝加哥著名匪徒阿尔·卡邦的保镖基勒莫"小威利"·马里蒂莫的同性恋孙子。

特劳特向这个无害的人自我介绍，他站在他的办公桌前，赤脚分开，双臂张开。"可憎的雪人来了，"他向米洛说，"如果说我不如大多数可憎的雪人洁净的话，那是因为我从小就在珠穆朗玛峰的山坡上遭到绑架，被带到里约热内卢妓院当男奴，过去五十年里在那里打扫肮脏不堪的厕所。一个逛我们妓院鞭打室的客人在痛得狂欢的尖叫中声称米德兰市要举行艺术节。我就从发臭的脏衣篮中取出床单撕成一条绳子爬窗逃了出来。我到米德兰市来，是为了在死去之前得到大家的承认，承认我是伟大的艺术家，因为我相信我是。"

米洛·马里蒂莫以满怀崇敬的脸色欢迎特劳特。"特劳特先生，"他大喜过望地说，"你到哪儿我都认得出。欢迎你来米德兰市。我们是如此需要你！"

"你怎么知道我是谁？"基尔戈·特劳特说。以前从来没有人知道他是谁。

"你一定是你。"米洛说。

特劳特泄了气——火气全消。他放下手臂，如今像个孩子："以前从来没有人知道我是谁。"

"我知道，"米洛说，"我们发现了你，我们希望你发现我们。米德兰市不再仅仅以玛丽·爱丽斯·米勒这个世界女子二百米仰泳冠军的家乡闻名。它也将是第一个认识到基尔戈·特劳特的伟大的城市。"

特劳特干脆离开接待办公桌，坐在一张西班牙风格的缎面沙发上。除了售货机以外，整个大堂是按西班牙风格装饰的。

米洛如今用了几年前流行的电视节目上的一句话。这一节目如今已不再播出了，但多数人仍记得那句话。这个国家里的很多话都是从电视节目中学来的，包括现在和过去的节目。播出米洛的那句话的节目是把有些名气的人放进普通的房间里，实际上是个舞台，让观众坐在前面，到处藏有摄像机。同时还藏有以前认识这个名人的人。他们后来会出来讲那个名人的趣闻逸事。

米洛如今说了如果特劳特出现在节目上帷幕拉开时节目主持人会说的话："基尔戈·特劳特！这就是你的生活！"

．．．

　　只是现在没有观众，没有帷幕，或任何这样的东西。事实上，米洛·马里蒂莫是米德兰市唯一知道基尔戈·特劳特的人。这完全是他一厢情愿的想法：以为米德兰市上流社会会像他那样对基尔戈·特劳特的作品感到五体投地。

　　"我们已万事俱备，迎接文艺复兴了，特劳特先生！你将是我们的列昂纳多·达芬奇！"

　　"你怎么可能听到过我的名字呢？"特劳特晕头转向地问。

　　"在准备米德兰市文艺复兴时，"米洛说，"我尽我所能找了这里的每一位艺术家的作品和关于他们情况的材料来读。"

　　"任何地方都没有我的作品和关于我的情况的材料呀。"特劳特说。米洛从他的办公桌后走出来，他带着看起来像旧垒球似的一边被捏瘪的东西，上面贴着各种各样的胶纸条。"我发现找不到有关你的材料，"他说，"我就写信给埃利奥特·罗斯沃特，就是推荐我们邀请你的那个人。他私人藏有你的四十一本小说、六十三篇短篇小说，特劳特先生。他让我把它们都读了。"他捧出那个像捏瘪了的垒球一样的东西，这实际上是罗斯沃特的藏书。罗斯沃特对待他的科幻小说藏书可够狠的。"这本是我唯一没有读完的一本，明天日出之前我就会读完。"米洛说。

．．．

　　提到的这本小说恰好是《聪明的本尼》。书中主角是一只兔子，她的生活同所有野兔一样，不过却像阿尔伯特·爱因斯坦或威廉·莎士比亚那么聪明。她是一只母兔，是基尔戈·特劳特所有长短篇小说中唯一的女主角。

　　她过着正常的母兔生活，尽管她像气球一样日益膨胀。她认为她的头脑是没有用的，它是一种肿瘤，在兔子的生活圈子内没有用处。

　　因此她一蹦一跳地向城里去，想把肿瘤割掉。但是在她到达那里之前有个名叫达德利·法罗的猎人开枪把她打死了。法罗剥了她的皮，掏出内脏，但他和他妻子格雷斯决定不吃她，因为她的头大得超乎寻常。他们的想法同她活着时的想法一样——她一定得了病。

　　如此等等。

．．．

　　基尔戈·特劳特得马上换上他唯一的换洗衣物，中学时代穿的小礼服和新衬衫等。他虽然卷起裤腿，但裤腿下部仍沾上了溪中的塑料物质，因此无法再放下。裤腿已像排污管的凸缘一样僵硬。

　　因此米洛·马里蒂莫把他引到他的套房，那是假日旅馆的两间普通客房，有门相通。特劳特和每一位贵宾都住套房，因此有两台彩电、两个浴缸、四张装有"魔术手指"的床。"魔术手指"是电动按摩器，装在床垫弹簧上。客人在床头柜的小匣中投入25美分的辅币，魔术手指就会震动床垫。

特劳特的房间里尽是鲜花，足够一个天主教黑帮匪徒葬礼用的。这些鲜花是艺术节主席弗雷德·T.巴里，以及米德兰市妇女俱乐部联合会和商会等机构送的。

特劳特看了插在鲜花上的几张卡片，评论说："这个城市显然落后于艺术很大一段距离。"

米洛合上他的橄榄色眼睛，面露痛苦之色。"是时候了。哦，上帝，特劳特先生，我们饿了这么久，甚至不知道为什么挨饿。"他说。这个年轻人不但是大罪犯的后人，而且是当前在米德兰市活动的罪犯的近亲。例如，马里蒂莫兄弟建筑公司的合伙老板是他的叔伯。他的隔房堂哥吉诺·马里蒂莫是该市毒品大王。

· · ·

"唉，特劳特先生，"彬彬有礼的米洛在特劳特的套房里跟他说，"请你教我们歌唱、跳舞、笑、哭。我们这么久以来就努力想靠钱、性、妒、地产、足球、篮球、汽车、电视、酒精、锯木屑和碎玻璃维持生命！"

"睁开你的眼睛！"特劳特悻悻地叫道，"我像是个跳舞

234

的、唱歌的、只知享乐的人吗？"他如今已穿上了小礼服。尺寸大了一号。他从中学毕业以后体重就减了好多。小礼服口袋里塞满了樟脑丸。鼓鼓囊囊地像沙袋。

"睁开你的眼睛！"特劳特说，"受到美的滋养的人会是这个样子吗？你说，你们这里除了荒凉和绝望以外什么都没有？我只会给你们带来更多同样的东西！"

"我的眼睛是睁开的，"米洛热情地说，"我看到的正是我想看到的东西。我看到了一个受伤很重的男人 —— 因为他竟敢穿过真实的火焰到另一边去，这是我们从来没有见过的。然后他又回来 —— 告诉我们另一边的事。"

· · ·

我坐在新假日旅馆，先让它消失，又让它出现，又消失，又出现。实际上，那里什么也没有，只有一块大空地。有个农民把它种出了黑麦。

我想，现在该是时候了，要让特劳特见德韦恩·胡佛，让德韦恩发神经病。

我知道这本书将会怎么收尾。德韦恩会伤害很多人，他会把基尔戈·特劳特的右手食指咬掉一节。

然后，特劳特包扎了伤口，会走出去，到那个生疏的城市里。他会遇到他的创造者，创造者会把一切解释清楚。

21

基尔戈·特劳特进了鸡尾酒吧。他的脚感到热得厉害。因为这双腿不仅穿了鞋袜，还包了透明的塑料，不能出汗，不能透气。

拉波·卡拉比基安和皮特丽斯·基德斯勒并没有看见他进来。他们在钢琴酒吧前被新结识的朋友包围了。卡拉比基安的话得到了大家衷心的赞同。大家都同意，米德兰市拥有了世界上最伟大的名画之一。

"你要做的事只不过是解释。"波尼·麦克马洪说，"如今我明白了。"

"我认为没有什么东西需要解释，"开发商卡洛·马里蒂莫觉得奇怪，"要解释，得由上帝来解释。"

珠宝商阿比·科亨对卡拉比基安说："如果艺术家肯多解释一些，大家就都会更爱艺术一些。你有没有发现这一点？"

如此等等。

特劳特感到害怕。他想也许会有不少人像米洛·马里蒂莫那样热情洋溢地欢迎他，而他对于这样的盛况没有什么经验。但是没有人插进来。他的老朋友无名氏又在他身旁了，他们俩在德韦恩·胡佛和我附近选了一张桌子。他能看到的我只是蜡烛光在我单向镜面上的反射，在我"漏子"上的反射。

德韦恩·胡佛在意识上对鸡尾酒吧中的活动没有反应。他像一块鼻油灰一样坐在那里，呆呆地望着很久很远的属于过去的东西。

特劳特坐下来时，德韦恩嘴唇嚅动。他说这话没有出声，而且与特劳特和我都没有关系："再见吧，忧郁星期一。"

· · ·

特劳特带着一个厚厚的牛皮纸信封。那是米洛·马里蒂莫交给他的。里面有艺术节节目单、艺术节主席弗雷德·T.巴里写给特劳特的欢迎信、下个星期的日程表，以及其他。

特劳特也带着他的一册小说《如今可以说了》。这是那本关于张开大口的河狸的书，德韦恩·胡佛不久就会十分认真地对待它。

这样，我们三个人在那里——德韦恩、特劳特和我三人可以构成一个每边长十二英尺的等边三角形。

作为三道毫不摇晃的光柱，我们形状简单，各自分开，外表美丽。作为机器，我们是古老的管子和电线、生锈的铰链和软软的弹簧做的三只松垮的臭皮袋。而且我们的相互关系是拜占庭式的。

毕竟，是我创造出德韦恩和特劳特的，如今特劳特要把德韦恩逼成全疯，而德韦恩要咬掉特劳特食指的一节。

· · ·

威恩·胡布勒在厨房的窥视孔中看我们。有人拍了一下他的肩。那个给他吃了饭的人如今叫他离开。

于是他到室外去闲逛，又到了德韦恩的旧车部。他又恢复了与州际公路上来往车辆的对话。

· · ·

鸡尾酒吧里的调酒师如今打开了天花板上的紫外线灯。波尼·麦克马洪的衣服浸过荧光材料，就像电灯广告一样亮了起来。

调酒师的上衣和墙上的非洲面具也是如此。

德韦恩·胡佛的衬衫以及几个其他人的衬衫也是如此。原因是这样的：这些衬衫用含有荧光材料的洗衣液洗过。其目的是要让衣服含有荧光，因而在阳光下看上去更加有光彩。

但当你把这些衣服拿到暗室中放在紫外线下看时，它们的光彩就很古怪了。

本尼·胡佛的牙齿也亮了起来，因为他用的牙膏有荧光物质，这本来是要使他的牙齿在白天看起来光亮一些。他如今开口微笑，嘴里似乎尽是小小的圣诞树。

但是这房间里最光亮的是基尔戈·特劳特的新衬衫的胸口。光彩闪烁夺目，而且有深度。它好像是一袋打开的有放射性的钻石的冒尖部分。

不过这时特劳特不自觉地向前弯腰，鼓起了浆洗得发硬的衬衫前胸，形成了抛物线状的碟子。这使衬衫成了探照灯，它的光线射向德韦恩·胡佛。

突如其来的光芒，把德韦恩从出神中惊醒。他以为自己大概已死了。反正，有一种没有痛苦的超自然的事情发生了。德韦恩信任地向这圣光微笑。不论发生什么事情，他都有了准备。

· · ·

特劳特不知道这间屋子里一些衣服突然发生奇怪变化的原因。像大多数科幻小说家一样，他对科学几乎一窍不通。他对实在的知识同卡拉比基安一样没有兴趣。所以现在他只感到惊异。

我自己的衬衫是一件旧衬衫，在中国人洗衣店里用普通肥皂洗过许多次了，因此不发荧光。

德韦恩·胡佛如今全神贯注于特劳特衬衫的胸口，就像他原来全神贯注于柠檬油的发光油滴一样。如今他想起了十岁时养父告诉他的一件事，这件事是：为什么在牧羊人镇没有黑人。

这可不是毫不相干的记忆。毕竟，德韦恩·胡佛曾经与波尼·麦克马洪有过谈话，知道她的丈夫在牧羊人镇开洗车铺亏了那么多的钱。而洗车铺生意失败的主要原因是：要生意成功，需要大量廉价劳动力——就是指黑人劳动力——而牧羊人镇却没有黑人。

"好多年以前，"德韦恩的养父在他十岁的时候告诉他，"成千上万的黑人到北方来，到芝加哥，到米德兰市，到印第安纳波利斯，到底特律。当时在打世界大战。劳动力这么短缺，甚至不识字的黑人也能在工厂里找到好工作。黑人从来没有这样有钱过。"

"不过，在牧羊人镇，"他继续说，"白人很快学乖了。他们不要黑人到他们镇上，因此他们在辖区外的大路上和铁路车场竖起牌子。"德韦恩的养父说了牌子上的字样，形状是这样的：

NIGGER! THIS IS
SHEPHERDSTOWN.
GOD HELP YOU IF
THE SUN EVER
SETS ON YOU
HERE!

（黑人[1]注意！此处为牧羊人镇。

如果你能在这里挨到日出，愿上帝保佑你！）

1　此处用词为情节需要，不代表本文立场。——编者注

"有一天晚上 ——"德韦恩的养父说，"一家黑人在牧羊人镇下了闷罐车厢。也许他们没有看到那块牌子。也许他们不识字。也许他们不相信。"德韦恩的养父这么津津有味地说这个故事的时候正好没有工作。大萧条刚刚开始。他和德韦恩正开着家用车做一周一次的远行，把垃圾运到市外去，倾倒在糖溪里。

　　"反正，那天晚上他们搬进了一个空棚屋，"德韦恩的养父继续说，"他们在炉子里生了火。于是有一群人在午夜到了那里。他们抓出了那个男子，把他放在铁篱笆上锯成了两半。"德韦恩清楚地记得，当他听到这故事时，垃圾中流出的一道彩虹一般的油在糖溪水面上漂散开来，十分好看。

　　"那是很久以前的事了，"他的养父说，"自从那个晚上以后，就再也没有一个黑人在牧羊人镇过夜。"

·　·　·

　　特劳特难熬地感觉到，德韦恩痴痴地望着他的胸口。德韦恩的眼神在游动，特劳特想它们大概是在酒精中游泳。他无法知道，德韦恩看到的是糖溪水面上的那道油污，在四十年前形成了彩虹。

　　特劳特也感觉到了我的存在，尽管他很少能看到我。我比德韦恩更使他感到不自在，原因是：特劳特是我创造的人物中唯一有足够的想象力怀疑到他可能是另一个人所创造的。他已好几次对他的鹦鹉说到过这个可能性。例如，他说过："说真的，比尔，照现在的情况来看，我只能认为，我是某个人写的一本书中的人物，那个人想要写的是一个一辈子总是受苦的人。"

如今特劳特开始意识到，他坐在与那个创造他的人非常接近的地方。他感到很尴尬，不知道该如何回应，特别是因为他的回应会是我要说的那种回答。

我不为难他，没有招手，没有凝视。我仍戴着眼镜。我又在桌面上涂抹我的时代所了解的物质和能量的相互关系的符号：

$$E = Mc^2$$

就我所知，这个等式是有毛病的。在那里应该有一个"A"代表"意识"——没有它，"E"和"M"及"C"就不存在，而"C"不过是数学中的一个常数。

. . .

附带说一句，我们都是黏附在一个球的表面上的。星球是球形的。没有人知道我们为什么不会掉下来，尽管大家都假装有点儿了解。

真正聪明的人知道，发财的最好办法之一是拥有人们不得不黏附的那个表面的一部分。

$\cdot\quad\cdot\quad\cdot$

特劳特害怕同德韦恩或我接触，于是他就翻阅原来放在他套房里的那只牛皮纸信封里的内容。

他首先阅读到的是艺术节主席 —— 密尔德丽德·巴里艺术中心的捐助者 —— 巴里特隆公司董事会主席弗雷德·T.巴里的信。

钉在信上的是巴里特隆一股普通股股票，开给基尔戈·特劳特。信的内容如下：

特劳特先生台启：

　　承蒙台端如此杰出和富有创造性人物拨冗光临米德兰市首届艺术节，深感荣幸。尚望阁下此来宾至如归。为使阁下及其他贵宾对本市生活加深参与意识，兹向各位赠送本人所创建、现担任董事会主席的公司股票一股。本公司如今不仅为敝人所有，亦为阁下所有。

　　本公司于一九三四年创立，原名美国神奇机器公司。开创时仅有员工三人，其任务为设计并制造家用全自动洗衣机。股票上首公司图徽上印有洗衣机格言。

图徽为一希腊女神躺在华丽的躺椅上。她手举旗杆，上面飘着长条的旗子。旗子上的话如下：

（再见吧，忧郁星期一）

. . .

老式神奇机器洗衣机的格言显然混淆了大家对星期一的两种不相干的想法。一个是妇女一般在星期一洗衣；另一个，星期一就是洗衣日，而不是因此成为特别令人不开心的日子。

而在一个星期中要干苦活儿、累活儿的人有时把星期一叫作"忧郁星期一"，因为他们在休息了一天以后不愿回去上班。当弗雷德·T.巴里年轻时想出这句格言时，他认为把星期一称作"忧郁星期一"是因为洗衣服对妇女们来说又讨厌又吃力。

神奇机器洗衣机要使她们高兴起来。

* * *

不过，在神奇机器洗衣机发明的时候，妇女们大多数并不都是在星期一洗衣的。她们是什么时候高兴就什么时候洗。例如，德韦恩关于大萧条时代最清楚的记忆之一是，他的养母决定在圣诞节前夕洗衣服。她对这一家地位跌落到这么低感到不快，于是突然到地下室去，到黑色甲壳虫和百脚虫中间去洗一周的衣服。

"该是干黑人干的活儿的时候了。"她说。

* * *

弗雷德·T. 巴里在一九三三年就开始做神奇机器的广告，那是在质量可靠的洗衣机出售之前很久。他是米德兰市少数几个出得起钱在大萧条年代做路旁大广告的人之一，因此神奇机器不需要大喊大叫吸引人们注意。实际上它是全市唯一的图案。

弗雷德的一幅广告做在已被神奇机器公司收购的基德斯勒汽车公司大门外的广告牌上。上面画的是一个身穿皮大衣，颈戴珍珠项圈的社会名媛。她走出府邸去过一个愉快的悠闲的下午，一只气泡从她口中吐出。气泡上的话如下：

OFF TO THE BRIDGE
CLUB WHILE MY
ROBO-MAGIC
DOES THE WASH!
GOODBYE, BLUE
MONDAY!

（由神奇机器为我洗衣，我可以到俱乐部去打桥牌！
再见吧，忧郁星期一！）

　　另一个广告漆在火车站的一块广告牌上，画的是两个白人送货员送一台神奇机器到一户人家。一个黑人女仆看着他们。她眼珠凸出，十分可笑。她的口中也有一个气泡吐出来，她的话如下：

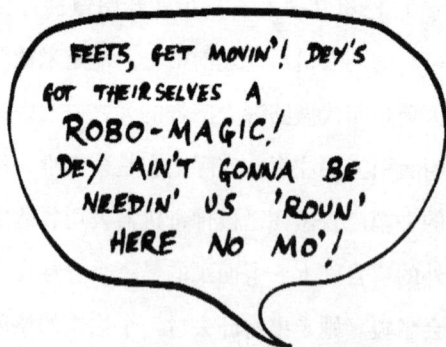

FEETS, GET MOVIN'! DEY'S
GOT THEIRSELVES A
ROBO-MAGIC!
DEY AIN'T GONNA BE
NEEDIN' US 'ROUN'
HERE NO MO'!

（抬脚，往前走！他们买了一台神奇机器！
他们不再需要我们在这里帮工了！）

246

．．．

弗雷德·T.巴里自己写了这些广告词，他当时预料各种各样的神奇机器最终将能干"世界上所有黑人能干的活儿"，这是指搬运、打扫、烹烧、洗涤、熨烫，看管孩子和清理垃圾。

德韦恩·胡佛的养母不是唯一不喜欢干那种活儿的白人妇女。我自己的母亲也是这样，还有我的姐姐，愿姐姐在天之灵平安。她们两人都干脆拒绝干黑人的活儿。

白种男人也不愿干。他们管这叫"娘们儿的活儿"，女人管这叫"黑人的活儿"。

．．．

我如今要随便瞎猜一下：我认为我国内战的结束在某种意义上也使打赢内战的北方人受到挫折，而这是以前从来没有被承认过的。他们的后代继承了这种挫折感，而又浑然不知这是什么。

那场战争中的战胜者被剥夺了那场战争最令人向往的战利品，那就是把人当奴隶。

．．．

神奇机器梦被第二次世界大战打断了。旧基德斯勒汽车厂改为军械库，而不再是家用电器工厂。神奇机器剩下的只有它的电脑，原来是由它告诉机器什么时候进水，什么时候排水，什么时候转洗，什么时候过水，什么时候晾干，如此等等。

电脑成了第二次世界大战中所谓"布林克系统"的神经中枢。它被安装在重型轰炸机上，在投弹手按了"投弹"电钮红灯之后，由它控制实际投弹工作。电钮启动了布林克系统，由该系统投放炸弹，按预期方式在下面的星球上爆炸。"布林克（BLINC）"是"Blast Interval Normalization Computer"（定期爆炸标准计算机）的缩写。

$\underline{22}$

于是我坐在新假日旅馆鸡尾酒吧里，看着德韦恩·胡佛呆呆地望着基尔戈·特劳特的衬衫胸口。我的手腕上戴着一只手镯，形状以及上面的内容是这样的：

（琼·斯巴克斯，一级准尉，1971年3月19日）

WOI代表一级准尉，那是琼·斯巴克斯的军阶。

这手镯花了我两块五。这是我们对越南战争时被俘的成千上万美国人表示同情的一种方式。这种手镯十分流行。每个上面都刻有一个战俘的真实姓名、他的军阶，以及被俘日期。

戴此手镯的人要等到上面刻有姓名的战俘回国或者查明阵亡或失踪以后才能卸下。

我不知道怎样把我的手镯写进我的故事中去，后来忽然想到不如把它遗失在什么地方让威恩·胡布勒找到。

威恩会以为这属于一个名叫一级准尉琼·斯巴克斯的人的女人，这个女人和一级准尉在一九七一年三月十九日订了婚或者结了婚，或者发生了某一重要事情。

威恩会试着说出这异乎寻常的名字来。"伍——伊？"他会说，"伍——伊？伊——埃？伍呀？"

· · ·

在鸡尾酒吧里，我让德韦恩·胡佛在基督教青年会夜校里读了快速阅读课程。这就使他能够在几分钟之内读完基尔戈·特劳特的小说，而不必花几小时。

· · ·

在鸡尾酒吧里，药丸和酒精使我有一种强烈的紧迫感，要把我还没有说清楚的所有一切都说清楚，然后马上结束我的故事。

让我想一想：我已经解释过了德韦恩能够快速阅读的非凡能

力。基尔戈·特劳特也许不可能在我给他的时间内从纽约市赶到这里，不过再说这话，已经太迟了。就这样让它去吧！

让我想一想。哦，是的——我得解释一下特劳特将在医院看到的一件上衣。从背面看，它的形状是这样的：

（无辜的旁观者中学）

解释如下：米德兰市原来只有一所黑人中学，至今它仍是一所全体学生都是黑人的中学。它是以一七七〇年在波士顿被英军开枪打死的一个黑人克里普斯·阿塔克斯的名字命名的。在该校的走廊里有一幅关于这件事的油画。其中也有好几个白人中了子弹。克里普斯·阿塔克斯则额上中了一枪，看上去仿佛鸟笼的前门。

但是黑人不再把这学校叫"克里普斯·阿塔克斯中学"

了。他们把它叫作"无辜的旁观者中学"。

第二次世界大战后创办的另一所黑人中学以乔治·华盛顿·卡佛命名，那是一个生而为奴的黑人，但后来却成了著名的化学家。他发现了花生的许多精彩的新用途。

但是黑人也不愿意用它的正式名字叫它。在开学那天，已有许多年轻黑人穿了从背后看形状像这样的上衣：

（花生大学）

• • •

你瞧，我也得解释一下为什么米德兰市有这么多的黑人会学那些过去是英帝国的各个地方的鸟叫。你瞧，原因是，在大萧条时期，米德兰市只有弗雷德·T.巴里和他的父母出得起钱雇用黑人干黑人的活儿。他们收购了基德斯勒老宅，那是小说家皮特丽斯·基德斯勒出生的地方。他们一共雇有仆人多达二十个，都是在同一时期。

弗雷德的父亲在二十年代繁荣时期靠贩卖私酒和做股票债券投机赚了这么多的钱。他把这些钱都兑成现款，结果证明这样做十分精明，因为在大萧条期间有这么多家银行都倒闭了。另外，弗雷德的父亲是芝加哥匪徒的代理人，他们要为自己的子孙收购正当生意。这些匪徒通过弗雷德的父亲把米德兰市的几乎每一块有利可图的地产都买了下来，所花代价只有实际价值的百分之一到十分之一。

弗雷德的父母在第一次世界大战后到美国来之前，是在英国歌舞厅里卖艺的。弗雷德的父亲演奏锯琴[1]，他的母亲学当时仍属于英帝国的世界各地的鸟叫。

她一直到大萧条开始以后的很长时间里仍以学鸟叫作为消遣。例如她会说："马来西亚的夜莺。"然后学那鸟叫。

她会说："新西兰的猫头鹰。"然后学那鸟叫。

所有为她干活儿的黑人都觉得她学鸟叫是他们看到的最滑稽可笑的事，尽管她这么做的时候他们从来没有大声笑出来。而且，为了让他们的亲友取乐，他们也学会了鸟叫。

---

1 又称乐锯。一种无键、无弦的乐器，由琴身（锯片），锯座（锯把）组成。

这种风气蔓延开来。从来没有走近基德斯勒住宅的黑人都能学澳大利亚琴鸟和鹎鸽扇尾鹟、印度金黄鹂、英国本地的夜莺、苍头燕雀、鸫鹟和棕柳莺的鸣叫。

他们甚至能学现已灭绝的基尔戈·特劳特在百慕大岛上度过儿童时代的友伴的快活叫声，那就是百慕大白尾海雕。

基尔戈·特劳特到达该市时，黑人还能够学这些鸟叫，而且逐字重复弗雷德母亲每次学鸟叫之前说的话。例如，如果他们之中有谁学夜莺歌唱，他或她就会说："诗人们极其钟爱的夜莺歌唱时之所以特别悦耳动人是因为它只在月光下歌唱。"

如此等等。

· · ·

就在鸡尾酒吧里，德韦恩·胡佛身上的不良化学成分突然决定，现在该是时候，由德韦恩向基尔戈·特劳特要求说明生命的秘密了。

"把信息告诉我。"德韦恩叫道。他摇摇晃晃地从自己的长条软座上站起来，一屁股坐在特劳特身旁，像暖气片一样发出热气："信息，请你告诉我。"

这时德韦恩做了一件异常不自然的事。他之所以这么做是因为我要他这么做。这是多年来我总让小说中人物做的事。德韦恩对特劳特做的就是刘易斯·卡洛尔的《爱丽丝漫游奇境》中公爵夫人对爱丽丝做的事。他把下巴靠在特劳特的肩上，深深地嵌在那里。

"信息？"他说，下巴深深地嵌下去，嵌下去。

特劳特没有回答。他原来希望度过来日不多的余生时不再碰另一个人的身体。德韦恩嵌在他肩上的下巴给他带来的震惊不下于对他进行肉体侵犯。

"是这个吗？是这个吗？"德韦恩一把抓起特劳特的小说《如今可以说了》说。

"是的，是这个。"特劳特低声说。他大大地松了一口气，德韦恩的下巴移开了他的肩膀。

德韦恩如今如饥似渴地读了起来，仿佛他很久没有读书。他在基督教青年会上的速读课程使他能够飞快地翻阅书籍。

"亲爱的先生，可怜的先生，勇敢的先生，"他读道，"你是宇宙创世主的一个试验。你是整个宇宙中唯一有自由意志的生物。你是唯一必须想出下一步该做什么和为什么这么做的人。别人都是机器人，一部机器。

"有些人似乎喜欢你，有些人讨厌你，你一定觉得奇怪。他们只不过是只会喜欢的机器，只会讨厌的机器。"

"你已精疲力竭，"德韦恩读道，"你怎么会不感到精疲力竭呢？当然，在一个并不讲道理的宇宙中要一直不断讲道理，是一件令人精疲力竭的事。"

23

德韦恩·胡佛继续读下去："你被只会喜欢的机器，被只会讨厌的机器，被贪婪的机器，被无私的机器，被勇敢的机器，被怯懦的机器，被说实话的机器，被说谎话的机器，被滑稽的机器，被庄严的机器所包围。他们的唯一目的是想尽办法刺激你，这样宇宙创世主就可以观察你的反应。他们像老式挂钟一样没有感觉和理性。

"宇宙创世主如今愿意，不仅为在试验期间提供的变幻无常、搅乱一切的伙伴道歉，而且为星球本身的垃圾一般发臭的状态道歉。创世主用程序设计的机器人滥用了这个星球千百万年，因此你到那里时，它将是一块有毒的霉烂的乳酪。此外，创世主还把它弄成有许多程序机器人拥挤不堪的地方，不管生活条件如何，他们仍一心想交配，喜欢婴孩几乎胜过其他一切东西。"

· · ·

　　这时世界女子仰泳冠军、艺术节女王玛丽·爱丽斯·米勒正好走过鸡尾酒吧。她从旁边的停车场抄近路到大堂去，她的父亲坐在一九七〇年产牛油果色普利茅斯牌杖鱼型斜背式汽车中等她。这车是他从德韦恩那里当作旧车买来的，却有一份新车保单。

　　玛丽·爱丽斯·米勒的父亲唐·米勒除了其他职务之外还是牧羊人镇假释委员会主席。当初是他决定如今在德韦恩旧车场那里闲荡的威恩·胡布勒可以回到社会中去的。

　　玛丽·爱丽斯到大堂里去是为了取那天晚上在艺术节上表演女王所用的王冠和权杖。那是大堂职员米洛·马里蒂莫那个黑帮的孩子亲手做的。她的眼睛总是发炎上火，看上去好像黑樱桃。

　　只有一个人注意到她，大声说出了他的评语。他是珠宝商阿比·科亨。玛丽·爱丽斯并不性感，天真无邪，头脑空虚，因而阿比·科亨瞧不起她，说了这话："纯种金枪鱼！"

· · ·

　　基尔戈·特劳特听到了他说的话，即关于纯种金枪鱼的话。他的心里想弄清楚这是什么意思。他的心中满是疑团。他还不如去做威恩·胡布勒，在夏威夷周期间在德韦恩的旧车场游荡。

他的脚被包在塑料中，感到越来越热了。热得几乎受不了。他扭转着双脚，真想泡到冷水中去，或者伸到空气中去。

而德韦恩却继续读着关于自己和宇宙创世主的段落：

"他也用程序机器人为你写书，编杂志，出报纸，播出广播电视和无线电节目，演出舞台剧并拍摄电影。他们为你写歌谱曲。宇宙创世主让他们创建许许多多宗教，使你有许多选择余地。他让他们成千上万地互相残杀，只为了这个目的：令人感到惊异。他们犯了各种可能的暴行、做了各种可能的善行，都是没有感情地、机械自动地、不可避免地做的，目的是从你那里引起反应。"

这最后那个"你"是用特别大的字体，占了整整一行，因此看起来形状是这样的：

Y-O-U

（你）

258

"你每次进图书馆，"书中说，"宇宙创世主就屏气凝息。在你面前有这么一个乱七八糟的文化大拼盘，你根据你的自由意志会选择什么呢？"

"你的父母是打仗的机器，自怜自爱的机器，"书中说，"你的母亲经程序设定要大骂你的父亲，因为他是个不灵的造钱机器；而你的父亲经程序设定要大骂她，因为她是个不灵的管家机器。他们的程序设定他们要互相痛骂，因为他们是不灵的做爱机器。

"于是你父亲的程序设定他要离家出走，砰地关上了门。这使你母亲成了一台哭泣机器。你父亲会到酒店去，同其他几个喝酒机器喝个烂醉。然后这些喝酒机器又会到一家妓院里去。接着你父亲会拖着身子回家，成了一台道歉机器。你母亲会成为一台十分缓慢的原谅机器。"

．．．

德韦恩在十分钟左右的时间里囫囵吞枣般吞下了这种唯我论的连篇累牍的鬼话以后，站了起来。

他僵硬地走到钢琴酒吧。他之所以全身僵硬是由于他自己的力量和正义使他感到惊畏。就是走路，他也不敢使出全部劲儿，生怕他的脚步落下去会震毁新假日旅馆。他倒不担心自己的生命，特劳特的书使他相信，自己已经死了二十三次。每次死后，宇宙创世主就把他包扎起来，让他又活了过来。

德韦恩是为了风度而不是安全才节制自己。他要以优美风度来表示他对生命意义的新理解，这是给两个人——他自己和创世主——看的。

他走近他的同性恋儿子。

本尼看到麻烦来了，以为这是死神。他满可以用他在军校学到的一切打斗技巧，轻而易举地保护自己。但是他选择了沉思默想。他闭上眼睛，他的意识沉到了他心灵的沉默中。当时有这么一条发出荧光的丝巾飘过：

（冷静）

　　德韦恩从背后猛推本尼的脑袋。他把本尼的脑袋像甜瓜一样滚过钢琴酒吧的琴键。德韦恩大笑，他叫他儿子"该死的同性恋机器"！

　　本尼没有抵抗，尽管他的脸给打得稀烂，十分难看。德韦恩把他的脑袋从琴键上提起来，又按一下。琴键上有血 —— 还有唾沫和黏液。

　　拉波·卡拉比基安、皮特丽斯·基德斯勒和波尼·麦克马洪如今全都拽住德韦恩，把他从本尼那里拉开。这使德韦恩更加乐了。"不可以揍女人，是不是？"他对宇宙创世主说。

　　于是他对准皮特丽斯·基德斯勒的下巴狠狠揍了一拳。他揍了波尼·麦克马洪的腹部。他当真相信她们是没有感觉的机器。

　　"你们这些机器人知道我妻子为什么吞德拉诺吗？"德韦恩大声问惊讶莫名的听众，"我来告诉你们为什么：她就是那一种机器！"

· · ·

　　第二天报上有一幅德韦恩一路发作的地图。他的路线用虚点标出，从鸡尾酒吧开始，穿过沥青停车场，到他位于汽车经销处的弗朗辛·帕夫科办公室，又从原路回到新假日旅馆，然后跨过糖溪和州际公路两行车道，到中间的隔离栏 —— 那是一片草地。德韦恩在那被两个碰巧在那里的州警察制服。

当他们把他双手铐在背后时，德韦恩对他们说的话如下："感谢上帝，你们在这里！"

. . .

德韦恩发作时没有杀死人，不过他伤了十一个人，伤势这么严重，他们得上医院去。报上所载的地图上有记号标出有人受重伤的地方。这个记号放大后形状是这样的：

. . .

在报上所刊德韦恩一路发作的路线地图上，鸡尾酒吧内有三个这样的十字形记号 —— 那是本尼、皮特丽斯·基德斯勒和波尼·麦克马洪遭到袭击的地点。

然后德韦恩跑出去，到了旅馆和他的旧车场间的沥青路面上。他大声喊叫那里的黑人，叫他们马上过来。"我有话对你们说。"他说。

他是单独一人在那里的。鸡尾酒吧里还没有人跟着跑出去。唐·米勒坐在靠近德韦恩的车里，等玛丽·爱丽斯拿着王冠和权杖回来，但是他一点儿也没有看到德韦恩闹事的情景。他汽车里的座位可以放平当床使。唐当时仰卧在那里，脑袋低于窗户很多，他躺在那里休息，眼睛望着车顶。他在听法语课程录音带。

"我们明晚去看电影。[1]"录音带说一遍，唐学一遍。"我们希望爷爷能够长寿。[2]"录音带又说。如此等等。

德韦恩继续叫黑人过来同他说话。他微笑着。他以为宇宙创世主用程序安排他们躲了起来，同他开玩笑。

德韦恩狡猾地察看了一下四周。然后他叫出一个信号，那是他小时候表示捉迷藏游戏已经结束的信号，表示藏起来的孩子都可以回家了。

他叫时太阳已经落下，他的叫喊声如下："好啦 —— 好啦 —— 牛儿 —— 自由啦啦啦……"

响应这叫声的那个人一辈子没有玩过捉迷藏。他是威恩·胡布勒，他从旧车那里悄悄地走出来。他双手交叉在脑后，双脚分

1　此句为法语。

2　此句为法语。

开。他采取了叫作"行列稍息"的姿势。这个姿势当兵的和罪犯都知道——它表示注意、信任、尊敬、自动的不加防卫。他愿意承受任何对待，而且不惜一死。

"你来了。"德韦恩说，眼睛里闪烁着恶作剧的眼光。他不知道威恩是谁。他把他当作典型的黑机器人。换个别的黑机器人也可以。这时德韦恩又同宇宙创世主进行了一次挖苦的对话，用机器人当作没有感情的谈话题目。米德兰市有许多人把夏威夷或者墨西哥，或者类似那样地方来的无用东西，放在他们的咖啡桌或客厅茶几上，或不论什么架子上——这种东西就叫作"谈话题目"。

德韦恩说起他当过一年美国童子军县司令官的时候，威恩仍保持"行列稍息"的姿势。德韦恩说那一年送来参加童子军的黑人青少年比往年都多。德韦恩告诉威恩他努力想救一个名叫佩顿·布朗的黑人少年的性命，他才十五岁半就成了牧羊人镇电椅上死去的最年轻的人。德韦恩啰里啰唆地谈到那些在别人都不愿雇用黑人时他所雇用的黑人，但是他们似乎从来不准时来上班。他也提到了少数几个上班卖力和准时的，他向威恩眨一下眼睛说："他们是按程序设计得那样的。"

他又说起他的妻子和儿子，承认白机器人同黑机器人基本上一样，他们都是按程序设计的，不管是当什么人，干什么活儿。

说完这话以后，德韦恩沉默了一会儿。

在这当儿玛丽·爱丽斯·米勒的父亲躺在汽车里继续学法

语口语，距他们只有几码远。

这时德韦恩突然向威恩扑去。他想狠狠打他一巴掌，但是威恩很善于躲开。当那巴掌朝他的脸扇过去时，他已蹲下了身子，德韦恩扑了一个空。

德韦恩笑道："非洲躲球手！"这指的是德韦恩小时候在游艺场上玩的一种很流行的游戏。一个黑人把脑袋伸在一块帆布的洞里，你付了钱就可以把棒球扔向他的脑袋。如果投中，就可得奖。

· · ·

因此德韦恩认为宇宙创世主如今邀他来玩非洲躲球手的游戏。他越来越狡猾，装出懒洋洋的样子来遮盖他的暴力意图。然后他猛踢威恩。

威恩又躲闪，但刚躲闪过去又得马上躲闪，因为德韦恩连连出手，拳打、脚踢，外加耳光，三管齐下，迅雷不及掩耳。威恩跳上了一辆非常不一般的卡车，这卡车是用一九六二年凯迪拉克轿车底盘改装的，属于马里蒂莫兄弟建筑公司。

威恩站在高处能够从德韦恩的头上看到州际公路双向的行车道，还有远处一英里左右的威尔·费尔彻尔德纪念机场。在这当儿需要了解的一点是，威恩从来没有看见过机场，对于夜里飞机降落时的机场会发生什么事是一点儿也没有思想准备的。

"没事，没事。"德韦恩向威恩保证。他是个好人，他不会爬上卡车再打威恩。首先，他已没有力气。其次，他明白威恩是一台灵巧的躲闪机器。只有头等的打击机器才能击中他。"我不是你的对手。"德韦恩说。

于是德韦恩后退了一些，只满足于向威恩说教。他谈到对人的奴役——不仅对黑人奴隶，也对白人奴隶。德韦恩认为煤矿工人、装配线工人等都是奴隶，不论他们是什么肤色。"我曾经以为这真是可耻的事。"他说，"我曾经认为电椅是可耻的事。我曾经认为战争是一件可耻的事，还有车祸和癌症。"他说。如此等等。

如今他不再认为这些是可耻的事了。"我为什么要为机器的遭遇操心？"他说。

到刚才为止，威恩·胡布勒的脸上一直是没有表情的，如今开始露出不可控制的敬畏神色。他的嘴张了开来。

威尔·费尔彻尔德纪念机场跑道上的灯光刚刚打开。在威恩看来，这些灯光像长长的令人心迷神醉的美丽珠宝一般。他在州际公路对面看到了梦想的实现。

威恩认出了这个梦幻，他的脑袋里亮了起来，像电灯广告牌一样亮了起来，给了这个梦幻一个孩子气的名字——它的形状是这样的：

（童话世界）

24

听着——

德韦恩·胡佛打伤了这么多人，于是人们叫来了一辆名叫"玛莎"的特别救护车。玛莎是一辆通用汽车公司产的横贯大陆大型长途客车，不过车上的座椅都被拆卸掉了。里面有可收治三十六名伤员的病床，外加厨房、浴室和手术室。车上有足够的食品和药品供应，可以充当一个独立的小型医院，在一个星期内不需外界协助。

它的全名是"玛莎·西蒙斯纪念机动救护车"，起这个名字是为了纪念县公共安全专员纽波尔特·西蒙斯的妻子。她因从一只有病的蝙蝠那里传染上狂犬病而死，那只蝙蝠是她有一天早上在客厅墙帷上发现的。她当时刚巧在读艾伯特·施维策的传记，施维策认为人类应该爱护比较简单的动物。当她把那只蝙蝠包在舒洁纸巾中时，它轻轻地咬了她一口。她没有在意，把它带到前廊，轻轻地放在人造草皮上。

她的丈夫和德韦恩有一阵子比较亲近——那是因为他们的妻子在一个月之内先后死于非命。

他们曾在第23A公路那边共同买了一块砂砾坑，后来马里蒂莫兄弟建筑公司以双倍于他们原来付出的价格收购。他们同意出售，把利润对分，以后来往就慢慢少了，不过仍会互换圣诞节贺卡。

德韦恩最近一次寄给纽波尔特·西蒙斯的圣诞节贺卡形状是这样的：

（圣诞节日）

纽波尔特·西蒙斯最近一次寄给德韦恩的圣诞节贺卡形状是这样的：

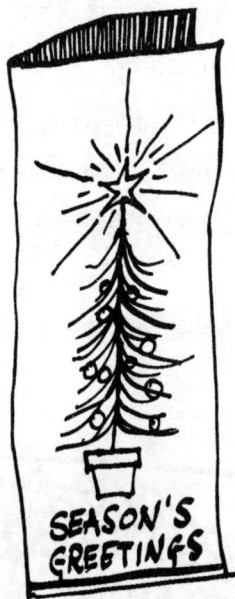

（节日致贺）

. . .

　　我的精神病医生的名字也叫玛莎。她把病人组成小家庭，一周聚会一次。聚会很好玩。她教我们怎样互相安慰。她如今度假去了。我很想念她。

　　我的五十岁生日快到了，我不由得想起美国小说家托马斯·伍尔夫，他死时只有三十八岁。他从查尔斯·斯克里勃纳父子公司编辑马克斯惠尔·帕金斯那里得到不少帮助，整理他的小说出版。我听说帕金斯告诉他，写小说的时候心里要记住，主人公对父亲的寻找，这是不变的主题。

在我看来好像真正真实的美国小说，不管是男主人公还是女主人公，都是在寻找母亲。不必为此感到不好意思。事实就是这样。

母亲更加有用。

我如果找到另一个父亲，我不会特别好过。德韦恩·胡佛也是这样。基尔戈·特劳特也不例外。

· · ·

就在没有母亲的德韦恩·胡佛在旧车场斥责没有母亲的威恩·胡布勒时，一个当真杀了自己母亲的人准备从包机上着陆到州际公路另一边的威尔·费尔彻尔德纪念机场。此人就是埃利奥特·罗斯沃特，即基尔戈·特劳特的赞助人。他是在年轻时一场汽艇失事时意外杀死他母亲的。他母亲曾是传说中上帝的儿子诞生那年之后一九三六年美利坚合众国女子象棋冠军。罗斯沃特是在那之后的一年杀死她的。

使得机场跑道变成前囚犯心目中的童话世界的，是罗斯沃特的驾驶员。跑道灯光亮时，罗斯沃特想起了他母亲的珠宝。他向西望去，看到密尔德丽德·巴里艺术中心的玫瑰色彩禁不住微笑，它就像一轮满月支撑在糖溪的一个转弯处。它使他想起了他婴儿时期模糊的眼中看到的母亲的样子。

当然，他是我虚构的——包括他的驾驶员。我让在日本长崎扔下原子弹的那个人——鲁斯里夫·哈尔帕掌握驾驶。

我在另一本书中把罗斯沃特写成酒鬼。如今我让他相当清醒，那是在匿名酗酒者互助协会的帮助之下做到的。我让他利用刚刚恢复的清醒神志去纽约市探索一下同陌生人滥交在精神上和身体上有什么好处。不过他还是感到糊涂。

我本可以宰了他，还有他的驾驶员，但是我让他们活了下来。因此他们的飞机安然降落。

· · ·

名叫玛莎的急救车上的两名医生是尼日利亚来的塞浦里安·乌克温德和刚诞生的孟加拉国来的卡希德拉·米阿斯马。这两个国家都是以时常缺粮而闻名世界的地方。事实上，在基尔戈·特劳特著的《如今可以说了》中都具体提到了这两个国家。德韦恩·胡佛在那本书中读到全世界的机器人不断因缺油而死去，就在他们等待试验宇宙中唯一有自由意志的生物的时候，他们以为也许这种生物会有万分之一的机会出现。

· · ·

驾驶急救车的是年轻的黑人埃迪·基，他是美国国歌作者白人爱国者法兰西斯·司各特·基的直系后代。埃迪知道他是基的后代。他能够一一举出六百多个祖先的名字，而且每个祖先都有一个故事可讲。他们有非洲血统的，有印第安血统的，有白人血统的。

例如，他知道他母亲的娘家那一边曾经拥有后来发现神圣奇迹洞穴的农场，他的祖先称该农场为"蓝鸟农场"。

· · ·

附带一提，为什么医院工作人员中有这么多的年轻外国医生，原因如下：这个国家没有培养足够的医生来治疗它所有的病人，但它却有足够的钱。因此它就从没有很多钱的其他国家把医生收买过来。

· · ·

埃迪·基知道他祖先这么多情况是因为他家的黑人一方面做了许多非洲裔家庭如今在非洲仍旧做的事，那就是要让家中成员把熟记家族历史当作一种责任。埃迪·基在六岁的时候就开始在脑海中储存他父母双方家庭的祖祖辈辈的名字和逸事。他坐在急救车的驾驶座上，透过挡风玻璃看着车外，心中有一种感觉，他自己仿佛就是一辆车，他的眼睛是挡风玻璃，他的祖先如果愿意的话可以透过它们往外看。

法兰西斯·司各特·基只是那数千个祖先中的一个。说不定基如今正透过他在看美利坚合众国变成什么样了，于是埃迪把眼光集中在插在挡风玻璃上的美国国旗上。他很安静地说："仍在飘扬，伙计。"

· · ·

埃迪·基对人丁兴旺的家族史这么熟悉，使得生活对他来说要比对德韦恩有趣得多了，这也包括对我，或者对基尔戈·特劳特，或者对那一天在米德兰市的几乎所有白人。我们都没有别人在用我们的眼睛或者我们的手的感觉。我们甚至不知道我们的曾祖父母是谁。埃迪·基浮在一条从这里流向那里的祖孙相传的长河上。而德韦恩和特劳特和我则是被留下来的小石子。

由于埃迪记得这么多，所以能够，比如说，对德韦恩·胡佛和塞浦里安·乌克温德医生怀有深厚感情。德韦恩的家庭收购了蓝鸟农场。印达罗族的乌克温德的祖先曾经在非洲西海岸劫持了基的祖先奥朱姆瓦。印达罗人把他以一支火枪的代价卖给英国奴隶贩子，他们把他带上了一艘叫"云雀"的航船，运到南卡罗来纳州查尔斯顿，当作能够自己活动、自己修理的农业机器拍卖掉。

如此等等。

274

　　　　　　• • •

　　德韦恩·胡佛如今被推上了"玛莎"——是从后边的两扇
大门，就在发动机前面。埃迪·基坐在驾驶座上，从后视镜中
看到了后面发生的事情。德韦恩被紧紧地包在不让他动弹的帆
布里。他映在后视镜中的形象在埃迪看来好像是绑了绷带的大
拇指。

　　德韦恩自己没有注意到受到限制。他以为自己是在基尔
戈·特劳特书中所写的处女星球上。甚至当他被塞浦里安·乌
克温德和卡希德拉·米阿斯马平放在那里的时候，他也以为自
己是站立着。那书告诉他，他在处女星球的冷水中游泳，他每次
一爬出冰冷的游泳池就要大叫一声令人意想不到的话。这是一种
游戏。宇宙创世主会猜想德韦恩每天会叫什么。而德韦恩会使他
完全意想不到。

　　德韦恩在急救车中叫的是："再见吧，忧郁星期一！"接着
他觉得在处女星球上又过了一天，又得叫一次了。"满载的车
里不许咳嗽！"他叫道。

　　　　　　• • •

　　基尔戈·特劳特是还能自己走路的受伤者之一。他可以不
需别人搀扶爬上急救车"玛莎"，挑个离开真正需要急救的病

人远一些的地方坐下。德韦恩把弗朗辛·帕夫科从他的陈列室拉出来到沥青地面，德韦恩要在公开场合狠狠地揍弗朗辛一顿，他体内的不良化学成分使他认为她罪有应得。这时特劳特从德韦恩身后向他猛扑过去。

德韦恩已经在办公室里打断了她的下颌和三根肋骨。当他把她拖到外面时，新假日旅馆鸡尾酒吧和厨房里已有相当多的人出来看热闹。

这时，特劳特从背后抓住他。

特劳特的右手无名指不知怎么滑进了德韦恩的嘴巴，德韦恩咬断了他的一节指尖。随后德韦恩就放开了弗朗辛，她跌倒在地。她失去了知觉，是受伤最重的一个。而德韦恩跑向州际公路旁的水泥河槽那里，把基尔戈·特劳特的指尖吐进糖溪。

• • •

基尔戈·特劳特在"玛莎"里没有躺下。他坐在埃迪·基后面的一张皮椅上。基问他怎么啦，特劳特举起了右手，有一部分包在血迹斑斑的手帕中，形状是这样的：

"一片嘴唇能够沉一条船！"德韦恩叫道。

· · ·

"勿忘珍珠港！"德韦恩叫道。在过去的三刻钟里他做的事情大多是极其不公正的。不过他至少饶了威恩·胡布勒。威恩又回到了旧车场，身上毫发未伤。他在那里捡到了一个手镯，那是我放在那里让他捡的。

至于我自己：我同这一切暴力保持了相当距离 —— 尽管是我制造了德韦恩（和他的暴行）和这个城市，还有上面的天空和下面的大地。即使如此，乱了一阵子后我还是受到了损失：手表的表盘玻璃破了，脚丫子也伤了一只。因为有人为了躲开德韦恩而往后退，结果撞破了我的手表，伤了我的脚趾，尽管他是我创造的。

这本书不是那种在结尾处人家都得到了应得的报应的书。德韦恩所伤的人中只有一个实在太坏，得到了恶报：那就是白人煤气灶安装工唐·布里德勒夫。他在全中学篮球夺标决赛中花生大学击败另一个中学后，在县体育场的乔治·希克曼·巴尼斯特纪念体育馆的停车场强奸了帕蒂·基恩——德韦恩在山顶景观大道那边开的汉堡包大厨快餐店的女招待。

德韦恩开始大打出手时，唐·布里德勒夫在旅馆的厨房里。他在那里修理一台出了毛病的煤气灶。

他为了吸几口新鲜空气走出了厨房，德韦恩就向他奔过来。德韦恩刚刚把基尔戈·特劳特的指尖吐进糖溪。唐和德韦恩相知甚熟，因为德韦恩曾卖过一辆庞蒂克牌文杜拉型新车给布里德勒夫，布里德勒夫说这是一只柠檬。那是指有毛病的汽车，没有人能修好。

在这笔交易上，德韦恩实际上亏了钱，因为要整修和更换零件，免得布里德勒夫不高兴。但是布里德勒夫是怎么样也不甘心的，他最后在行李箱盖上和两扇门上用浅黄色油漆涂了这一标志：

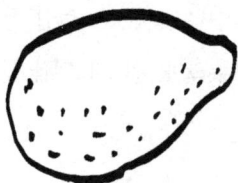

THIS CAR IS A LEMON!

（此车是柠檬！）

顺便说一句，此车真正的毛病出在布里德勒夫邻居的孩子把枫树糖浆倒进了文杜拉汽车的油箱。枫树糖浆是用枫树树液制的糖。

如今德韦恩·胡佛向布里德勒夫伸出右手，布里德勒夫就未加思索，把它握在自己的手中。他们就像这样连接起来：

这是人与人之间友谊的象征。一般的看法也是，可以从一个人握手的方式看出其许多性格上的特点。德韦恩和布里德勒夫相互紧紧握住，干脆而且有力。

这样，德韦恩用右手握住唐·布里德勒夫，面露微笑，好像就此捐弃前嫌了。接着他把右手的手掌和手指弯成杯状，打了唐的耳朵。这在唐的耳中造成极大空气压力，痛得他跌倒在地。从此之后，唐的那只耳朵就永远听不到什么声音了。

. . .

因此，唐如今也在急救车上——像基尔戈·特劳特那样直挺挺地坐在那里。弗朗辛则躺在那里——没有知觉，但口中呻吟。皮特丽斯·基德斯勒躺在那里，虽然她可以坐起来。她只是被打断了下颌。本尼·胡佛躺在那里。他的脸已无法辨认，甚至不像是一张脸了。塞浦里安·乌克温德给他注射了吗啡。

还有其他五个受伤者——一个白人女人，两个白人男人，两个黑人男人。这三个白人以前从来没有来过米德兰市。他们是一起从宾夕法尼亚州伊利到大峡谷去，那是这个星球上最深的裂缝。他们想去看一看有多深，却永远做不到了。他们从汽车里出来向新假日旅馆大堂走去时遭到了德韦恩·胡佛的袭击。

两个黑人男子都是旅馆厨房工作人员。

．．．

塞浦里安·乌克温德如今想把德韦恩·胡佛的鞋脱掉，但是德韦恩的鞋子、鞋带、袜子都沾满了塑料物质，那是他在涉水过糖溪时沾上的。

乌克温德对这沾了塑料粘在一起的鞋袜并不感到奇怪。他在医院里每天都能看到这样的鞋袜，那是在糖溪近旁玩耍的孩童的脚上。事实上，他已在医院急诊室墙上挂了一把剪子，用来剪沾了塑料黏在一起的鞋袜。

他转向他的孟加拉助手，年轻的卡希德拉·米阿斯马医生。"弄把剪子来。"他说。

米阿斯马背对着急救车上女厕所的门，迄今为止他没有为这些紧急事件做过什么。活儿全是乌克温德、警察、民防队员干的。米阿斯马如今连剪子也不肯找。

也许米阿斯马根本不该投身医疗领域，或者至少不该投身他可能受到批评的任何领域。他听不得批评。这个性格特点是他自己所不能控制的。任何人哪怕暗示一下他有什么地方不够尽善尽美，就会使他变成一个怏怏不快的孩子，什么事也不干，只会说他要回家。

当乌克温德第二次叫他去找一把剪子时他就这么说："我要回家。"

在此之前，即接到德韦恩疯劲发作的警报之前，他受到了批评，原因是：他把一个黑人的脚截了肢，而这只脚本来是可以保全下来的。

如此等等。

· · ·

我可以无休无止地详述这辆超级急救车上各人的生活细节，但是多说有什么用呢？

我同意基尔戈·特劳特关于写实主义小说以及它们堆砌烦琐细节的看法。在特劳特的小说《泛银河记忆库》中，主人公乘坐一艘太空船，船身长两百英里，直径六十二英里。他在街道图书馆分馆里借了一本写实主义小说。他读了大约六十页，就把书还了。

图书馆员问他为什么不喜欢，他对她说："关于人的事情我已知晓。"

如此等等。

· · ·

"玛莎"开始启动了。基尔戈·特劳特看见一块牌子，他很喜欢。牌子上的内容如下：

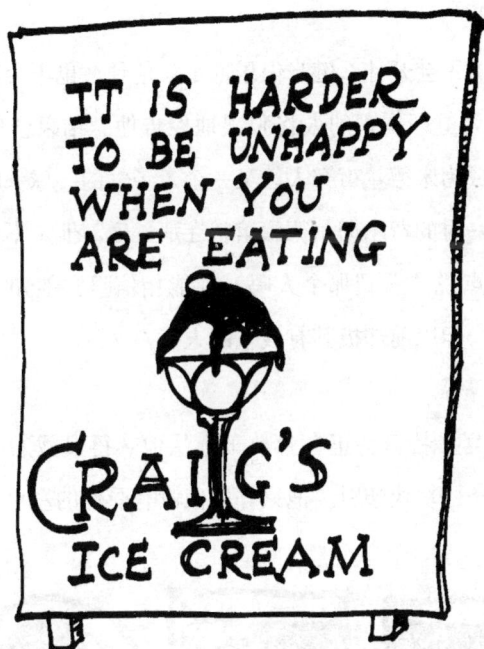

（你吃东西的时候很难不高兴，克雷格冰激凌）

如此等等。

德韦恩·胡佛的知觉暂时回到地球。他谈到要在米德兰市开一家健身俱乐部，里面有划桨器、固定自行车、旋涡浴室、太阳灯、游泳池等。他告诉塞浦里安·乌克温德，自己开健身俱乐部的目的是把它尽快卖掉，赚一笔利润。"大家都十分热衷于恢复体型和减肥，"德韦恩说，"他们签字参加了健身计划，但是一年左右就不再有兴趣，从此不来了。人都是这样。"

如此等等。

德韦恩不会开什么健身俱乐部了。他什么也不会开了。受到他这么毫无道理伤害的人将狠狠地控告他，结果会使他一贫如洗。他将成为米德兰市穷人区又一个走了气的气球一般的老人，当初风光一时的费尔彻尔德旅馆就在那一区。他绝不会是唯一被人指指点点说"看到那个人吗？你能相信吗？他如今一个子儿也没有了，但以前却极其有钱"的人。

如此等等。

基尔戈·特劳特正在急救车上从他热得发烫的小腿和脚上剥下一条条一块块塑料。他只好用他没有受伤的左手。

ETC.

（如此等等）

尾　声

　　医院急诊室设在地下。基尔戈·特劳特的半截无名指被消过毒、修齐、包扎以后，他们叫他上楼到财务处填几张表格，因为他是米德兰市外来的，没有医疗保险，而且不名一文。他没有支票簿，没有现金。

　　他在地下室迷了路，就像不少人那样；他走到了停尸房的双重门，就像不少人那样。他自然而然想着自己生命的无常，就像不少人那样。他走到了X光室，如今已废弃不用。这又使他自然而然思量自己体内是不是长了什么东西。别人走过那间屋子时也有这样的想法。

　　特劳特如今感觉不到成千上万别的人不会感觉到的东西——是自然而然的。

　　特劳特找到了楼梯，但这是错误的楼梯。这楼梯没有把他送到大堂和财务处、礼品商店等这样的地方，而是到了一连串的房间里，那里有在受了各种各样的伤以后进行康复治疗或者再也无法进行康复治疗的人。那里的许多人都被地心引力牢牢吸住，这地心引力从来没有放松过一刹那。

特劳特如今走过一间非常豪华的房间，那里有一个年轻黑人，有一台白色电话机、一台彩色电视机，到处是成盒的糖果和花束。那个黑人是埃尔金·华盛顿，他是个在老假日旅馆拉皮条的。他只有二十六岁，十分有钱。

探视时间已过，因此他的所有女性奴隶都已走了。不过她们留下了香水的香雾。特劳特经过门时感到憋气。这是对基本上不友好的云雾的自然反应。埃尔金·华盛顿刚刚把可卡因吸到鼻窦中去，就大大扩大了他所收发的心灵感应。他觉得自己大出实际一百倍，因为传出的信息这么大声，这么令人兴奋。它们的声音使他体验到快感。至于它们说的什么他并不在意。

就在这一片震撼的闹声中，埃尔金·华盛顿对特劳特说了些甜言蜜语。"嘿，伙计。嘿，伙计。嘿，伙计。"他说。那一天他的脚被卡希德拉·米阿斯马截了肢，但他这时已忘了。"嘿，伙计。嘿，伙计。"他哄道。他从特劳特那里并不想得到些什么具体东西。他的心灵有一部分只是在随便操练一下他哄陌生人过来的本领。他是钓人灵魂的渔夫。"嘿，伙计——"他说。他露出了一颗金牙，眨了一下眼睛。

特劳特来到黑人的床头。这不是他同情的表现。他只是又在机械地动作。特劳特像这么多的地球人一样，是一个完全自动化的笨蛋，一个像埃尔金·华盛顿那样的病态的人叫他做什么他就做什么的人。巧的是，他们两人都是查理曼大帝的后人。不管是谁，只要有欧洲人的血液，就是查理曼大帝的后人。

埃尔金·华盛顿察觉到，他又勾引来了一个人，而他原来并没有这个打算。轻易放过一个人，不使他们感到自己有些渺小，或感到自己是个傻子，可不是华盛顿的本性。有时，华盛顿为了使某个人感到渺小、不足道，而只好真的把他杀了。他闭了眼睛，好像在苦苦思索，然后煞有介事地说："我想我快死了。"

"我去叫护士。"特劳特说。任何人都会这么说的。

"不，不，"埃尔金·华盛顿说，挥着手淡淡地表示反对，"我是在慢慢地死去，不是一步来的。"

"原来如此。"特劳特说。

"你得帮我一个忙。"华盛顿说。他也不知道要特劳特帮他什么忙。他会想出来的。要人帮什么忙总是会想出来的。

"什么忙？"特劳特不安地问。一听到没有明确的帮忙要求，他全身就僵硬起来。他是那一种机器，华盛顿知道他会僵硬起来。人人都是那一种机器。

"我用口哨吹《夜莺之歌》时，你得听着。"他说。他恶狠狠地看了特劳特一眼，命令特劳特保持沉默。"诗人最钟爱夜莺，它歌唱得特别动听，"他说，"因为它只在月光下歌唱。"然后他做了米德兰市几乎每一个黑人都会做的事：学夜莺歌唱。

米德兰市艺术节因为有人发疯而推迟了。艺术节主席弗雷德·T.巴里穿得像个中国人，坐着他的豪华轿车到医院来慰问皮特丽斯·基德斯勒和基尔戈·特劳特，却哪里都找不到特劳特。皮特丽斯·基德斯勒则打了吗啡睡着了。

基尔戈·特劳特以为艺术节仍会在那天晚上举行。他没有钱乘坐任何形式的交通工具，只好步行出发。他在距离费尔彻尔德大道五英里的地方开始步行 —— 走向大道另一头的小小琥珀色的一点。那一点就是米德兰市艺术中心。他向它一步步走近时，那小点就慢慢大了起来，大到一定程度时就会把他一口吞了。小点里面有吃的东西。

· · ·

我在大约六个街口外等着拦截他。我坐在普利茅斯牌达斯特型汽车中等他，那是用就餐者俱乐部信用卡从阿维斯汽车行租来的。我的嘴里有一个纸卷，里面塞着叶子。我把它点燃了。这样做是一件时髦的事。

我下了车子，伸展一下腿，这是另一件时髦的事。我站在工厂和仓库的包围之中。街灯分布距离很远，而且灯光微弱。停车场都是空的，除了一两辆守夜者的车以外。费尔彻尔德大道上没有车辆来往，这条大道曾经是该市的主动脉。州际公路和罗伯特·F.肯尼迪内环快车道把它的生命都吸干了，这条快车道就建在蒙农铁路原来穿行的土地上。这条铁路已废弃了。

· · ·

废弃了。

· · ·

在该市，这一带没有住户，没有人逗留。一入夜就成了一片堡，高高的铁篱笆和警铃，还有巡逻的警犬。它们是杀人机器。

我从普利茅斯牌达斯特型汽车下来时，没有什么恐惧。我真是太愚蠢了。作家由于对他所工作的这么危险的材料疏于防范，就会以迅雷不及掩耳之势遭受痛苦。

我马上就要遭到一条德国猎犬的袭击。它是这本书以前版本中的一个主要角色。

· · ·

听着——

那条德国猎犬的名字叫卡扎克。它夜间在马里蒂莫兄弟建筑公司的材料库场巡逻。训练卡扎克的人告诉它，它是在什么星球上、它是什么样的动物，他们告诉它宇宙创世主要它逮住什么就咬死什么，而且还要把它吃掉。

在本书以前的版本中，我让本杰明·戴维斯，就是德韦恩·胡佛的女仆洛蒂·戴维斯的黑人丈夫，照料卡扎克。他把生肉丢在卡扎克白天待的那个坑里。他是日出时分把卡扎克拖到坑里的。到了日落时分，他向卡扎克叫喊，向它丢网球，然后把它放了出来。

本杰明·戴维斯是米德兰市交响乐团的首席小号手，但没有工资，因此他得找一份真正的工作。他穿一件用战时剩余物资床垫和做鸡笼用的镀锌铁丝网做的厚袍，这样卡扎克就咬不死他。卡扎克不断地想咬死他。仓库料场里到处都有成堆的床垫和镀锌铁丝网。

谁太挨近那围住卡扎克的星球的铁丝篱笆，卡扎克就会猛扑过来要咬死他。它向人猛扑过去，好像铁丝篱笆不存在一样。篱笆冲着人行道方向那边鼓了出来。好像有人从里边向它发了炮弹。

我从汽车上下来时，当我做那件点燃香烟的时髦事儿时，应该注意到那篱笆的奇怪形状。我应该知道，像卡扎克那样凶猛的角色是不容易从一部小说中删除的。

马里蒂莫兄弟公司那天早些时候从一个劫匪那里廉价收购了一堆铜管。卡扎克伏在铜管后面，要咬死我，把我吃掉。

．．．

    我背着铁丝篱笆，深深吸了一口烟。派尔·马尔香烟迟早会叫我送命的。我出神地呆视着费尔彻尔德大道另一边的基德斯勒老宅的黑黝黝的雉碟。

    皮特丽斯是在那里长大的。米德兰市历史上最出名的凶杀案是在那里发生的。皮特丽斯的舅舅威尔·费尔彻尔德是个战争英雄，一九二六年夏季夜晚他手持斯普林费尔德步枪出现。他开枪打死了五个亲戚、三个仆人、两个警察，以及基德斯勒私人动物园中的所有动物。然后他开枪射穿自己的心脏。

    解剖他的尸体后，发现他脑部有一块射鸟用的小号铅弹大小的瘤。这就是造成凶杀案的原因。

．．．

    在大萧条开始时，基德斯勒家丢失了大宅，弗雷德·T.巴里和他父母搬了进来。原来这个地方充满了英国鸟类的嘤鸣声。如今却是该市的一片沉默的房地产了，有人建议把它改为博物馆，让孩子们学习米德兰市的历史——由箭头、动物标本、白人的早期实物表现的历史。

    弗雷德·T.巴里愿意向拟议中的博物馆捐款五十万元，只有一个条件：第一台神奇机器和它的早期宣传招贴画要放出来展览。

他还希望这个展览让人们看到机器是如何演变进化的，就像动物一样，但速度却要快得多。

· · ·

我呆呆地看着基德斯勒老宅，万万没有想到有一条火山般凶狠的恶狗要在我身后喷发。基尔戈·特劳特走近了我。对于他的出现，我几乎毫不在意，尽管我们互相有重要的话要说，那是关于我创造他的事。

我反而想起了我的祖父，他是印第安纳州第一个领到执照的建筑师。他为绰号"山地佬"的印第安纳富翁设计过一些巨宅华厦。如今这些建筑已成了停尸所、吉他学校、地窖和停车场了。我想起了我的母亲，在大萧条时期，她曾开车带我在印第安纳波利斯兜了一圈，让我有个印象，知道我的外祖父是多么有钱有势。她给我看了他的酿酒厂在什么地方，几所他设计的巨宅华厦在什么地方。所有这些地方都已成了地窖了。

基尔戈·特劳特如今距离他的创造者只有半个街口远了，脚步放慢下来。我让他担心了。

我转身面向他，这样我的窦腔就和他的窦腔联系了起来，那里是收发心灵感应讯息的地方。我一遍又一遍地通过心灵感应告诉他："我有好消息告诉你。"

卡扎克扑了过来。

. . .

我从右眼角看到卡扎克。它的眼睛是冒烟火的转轮。它的牙齿是白色匕首。它的口水是氰化物。它的血液是硝酸甘油。

它像齐柏林飞艇一样向我凌空而来，从容地悬在空中。

我的眼睛把它告诉了我的心灵。

我的心灵发了信息给我的下丘脑，叫它把促肾上腺皮质激素释放激素释放到连接我的下丘脑和垂体的短血管中。

促肾上腺皮质激素释放激素使得垂体把促肾上腺皮质激素大量注入血流中。垂体原来就是为这样的情况而制造和储存促肾上腺皮质激素的。这时齐柏林飞艇越来越近了。

我的血流之中有些促肾上腺皮质激素到了肾上腺，那里一直在制造和储存糖皮质激素以备急用。肾上腺把糖皮质激素加到我的血流中。它们遍布我的全身，把糖原变成葡萄糖。葡萄糖是肌肉的食物。它能帮助我像野猫一样打斗或者像鹿一样飞奔。

这时齐柏林飞艇越来越近了。

我的肾上腺也给我打了一针肾上腺素。我的血压直线上升，脸孔发紫；肾上腺素使我的心脏跳得像防盗警铃；使我毛发倒竖；使凝结剂倾入我的血流，这样，万一我受伤，维系生命的液汁不会流干。

到现在为止，我体内一切活动都符合人这一机器的正常运作程序。但是我的身体采取的防卫措施中，有一个我听说是医学史上没有的先例。这也可能是因为有些电线短路或者垫圈破了。反正，我也把睾丸缩到下腹腔里，像飞机着陆装置收到机身下部一样。如今他们告诉我只有动外科手术才能把它们再放下来。

尽管这样，基尔戈·特劳特在半个街口远的地方望着我，不知道我是谁，不知道卡扎克，也不知道为了对付卡扎克我的身体做了什么准备。

特劳特这一天过得够累的，但这一天还没有结束。如今他看到他的创造者跃过了一辆汽车。

· · ·

我四肢着地，落在费尔彻尔德大道中央。

卡扎克碰到篱笆弹了回去。在它向我扑来时，地心引力控制住了它。地心引力使它狠狠地跌在水泥地上。卡扎克给摔呆了。

基尔戈·特劳特转过身去。他急忙向医院方向回去。我大声叫他，但这只是使他走得更快。

于是我跳进汽车向他追去。我因为肾上腺素和凝结剂等原因仍处在神经兴奋状态。我还不知道在兴奋中已把睾丸吸入体内。我只隐约地感到下体有些不舒服。

我追上特劳特时，他在慢跑。我计算一下他慢跑的速度是每小时十英里，在他这年纪已经很不错了。他如今也是充满了肾上腺素、凝结剂和皮质激素。

我把车窗放下，这么叫他："喂，喂，特劳特先生！喂，特劳特先生！"听到我叫他的名字，他慢了下来。

"喂！我是你朋友！"我说。他拖着脚步停下来，喘着气靠在通用电气公司货品仓库的篱笆上。这家公司的图徽和口号挂在特劳特身后的夜空中，特劳特眼露惊慌。公司口号是：

进步是我们最重要的产品

· · ·

"特劳特先生，"我坐在没有亮灯的汽车里向他说，"你没有什么可以怕的。我给你带来了令你高兴的好消息。"

他慢慢地才缓过气来，因此他一开始还不能从容交谈。"你是……你是……从……艺术节……来的吗？"他说。他的眼睛睁得好大。

"我来自所有节。"我答道。

"什么？"他问。

我想还是让他看清楚我为好，于是想打开车内顶灯。谁知却把雨刷打开了。我又把它关上。我眼前县医院的灯光都被水珠弄模糊了。我又扳了另一个开关，它随手掉了下来。原来是点烟器。因此我没有办法，只好继续躲在暗处同他说话。

"特劳特先生，"我说，"我是个小说家，我创造了你，用在我的书中。"

"你说什么？"他说。

"我是你的创造者，"我说，"你现在正处在一本书的中间——确切地说，快结尾的地方。"

"唔。"他说。

"你有什么问题要问吗？"

"你说什么？"他说。

"愿意问什么就问什么——关于过去，关于将来，"我说，"未来还有诺贝尔奖金等着你。"

"什么奖金？"他说。

"诺贝尔医学奖。"

"嗯。"他说。这是个不置可否的回答声。

"我也安排好让你从现在起有个名声好的出版商。不会再给你出河狸的书了。"

"嗯。"他说。

"要是我是你，我肯定会有不少问题。"我说。

"你有枪吗？"他问。

我在暗处发笑。我想再试一下灯，但又启动了雨刷："我不需要用枪来控制你，特劳特先生。我只需把你的情况写下来就行了。"

· · ·

"你疯了吗？"他说。

"我没疯。"我说。于是我粉碎了他对我怀疑的能力。我把他送到泰姬陵，又送到威尼斯，又送到达累斯萨拉姆，又送到太阳表面，那里的烈火烧不死他，然后又把他送回米德兰市。

这个可怜的老人跪到了地上。他使我想起了我母亲和本尼·胡佛的母亲在别人想拍她们照片时会做的那样。

他蹲在那里时，我把他送到了他童年时代的百慕大，让他沉思百慕大白尾海雕的不受精的卵。我从那里又把他送到我童年时代的印第安纳波利斯；我把他放在看马戏团的人群里；我让他看到一个患有脊髓痨的男人和一个甲状腺大如西葫芦的女人。

· · ·

我从租来的汽车中下来。我发出了很大声响，这样他的耳朵就会把他的创造者的情况告诉他，即使他不愿意用眼睛看。我重重地关上了车门。我从驾驶座一侧走近他时有意把双脚在地上蹭着，这样我的脚步不仅是沉着的，而且是坚定的。

我在鞋尖到达他下垂眼睛的狭小视野边缘上时停了步。"特劳特先生，我喜欢你，"我温和地说，"我把你的心灵粉碎了。我现在要把它恢复完整。我要你感到完整和内心和谐，这是我以前从来没有让你感觉到的。我要你抬起头来，看一看我手中的东西。"

我手中没有东西，但我对特劳特有这样的权力，他会在我手中看到我愿意让他看到的任何东西。我可以，比如说，让他看到特洛伊城的海伦，只有六英寸高。

"特劳特先生——基尔戈——"我说，"我手中有完整、和谐、营养的象征。它的简单性是东方式的，但我们是美国人，基尔戈。我们美国人需要丰富多彩的、三维的、丰富的象征。尤其是，我们渴求没有被我们民族犯的大罪污染的象征，这些罪过如蓄奴、屠杀、严重的疏忽过失，或者虚假的商业贪婪和狡诈。"

"抬起头来，特劳特先生，"我说，我耐心地等着，"基尔戈——？"

老头抬起头来，他的脸是我父亲丧妻以后的脸，一个很老很老的老头的枯槁的脸。

他看见我手中握着一只苹果。

· · ·

"我快过五十岁生日了，特劳特先生，"我说，"我在清洗和更新自己以迎接未来完全不同的日子。在同样的精神状态

298

下，托尔斯泰伯爵把自由给了他的农奴；托马斯·杰弗逊把自由给了他的奴隶。我要把自由给所有在我写作生活中为我这么忠实服务的文学角色。

"这些话我只对你这个角色说。至于别的角色，今夜如同往常。起来吧，特劳特先生，你自由了，你自由了。"

他迟疑地站起来。

我本来想握他的手，但他的右手受了伤，因此我们的手都垂在身边。

"一路顺风。"说完我就消失了。

· · ·

我在真空中懒洋洋地愉快地翻跟头，那是我消失得无踪无影的躲藏之地。随着我们之间距离的增加，特劳特叫我的声音渐渐淡去。

他的声音是我父亲的声音。我听到了我父亲 —— 而且我看到了我母亲在真空之中。我母亲在很远很远的地方，她留给了我自杀的遗传。

一面小手镜飘过去。这是一个"漏子"，有珠母的把和框。我很容易把它抓到手，举到我右眼前，我的右眼形状如下：

基尔戈·特劳特用我父亲的声音向我呼喊的话如下："让我年轻，让我年轻，让我年轻！"

（如此等等）

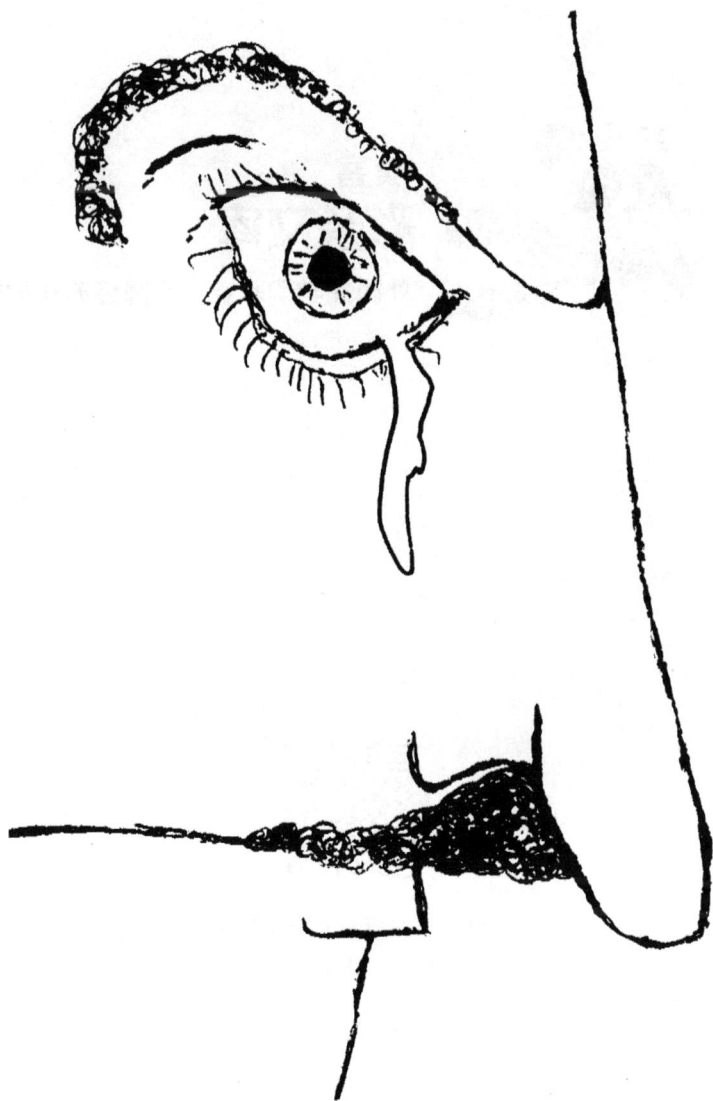

读客®

彩条文库

外国文学读彩条，大师经典任你挑。

扫一扫，立即查看彩条文库全书目，
收集下一本文学好书！

1922

出生在一个没落的美国中产家庭，开始黑色幽默的一生。

1936

担任高中校报编辑，冯内古特发现："我可以轻松地比其他人写得更好。"

1940

进入康奈尔大学化学系，因为父亲和哥哥坚持要他选择一门"有用的"专业，而不是他更喜欢的人文学科。

1957

成立美国第一家瑞典萨博汽车经销店，一年后光速破产。冯内古特经常调侃自己痛失诺奖，正是因为这件事得罪了瑞典人，被"怀恨在心"。

1958

影响自己至深的姐姐、姐夫双双去世，冯内古特坚持收养了姐姐的3个孩子。

1959

出版《泰坦的女妖》。

1961

出版《茫茫黑夜》。

1963

出版《猫的摇篮》，并凭借本书获得芝加哥大学人类学系硕士学位。

1964

出版《上帝保佑你，罗斯瓦特先生》。

1979

出版《囚鸟》。

1979

与第一任妻子离婚，同年与摄影师吉尔·克莱门茨结婚。

1976

出版《闹剧，或者不再寂寞》。冯内古特说："这本书是写给我姐姐的。"

1982

出版《神枪手迪克》。

1984

功成名就、家庭美满的冯内古特因抑郁症自杀未遂。女儿娜内特曾说："父亲写《五号屠场》是为了救自己，结果这本书也救了很多人。"

1985

出版《加拉帕戈斯》。

1985

出版《蓝胡